解毒《红楼梦》的禅文化

悟澹 著

中山大學出版社
SUN YAT-SEN UNIVERSITY PRESS
·广州·

版权所有　翻印必究

图书在版编目（CIP）数据

解毒《红楼梦》的禅文化/悟澹著.—广州：中山大学出版社，2015.5

ISBN 978－7－306－05259－9

Ⅰ.①解…　Ⅱ.①悟…　Ⅲ.①红楼梦—关系—禅宗—研究
Ⅳ.①I207.411 ②B946.5

中国版本图书馆CIP数据核字（2015）第081945号

出 版 人：徐　劲
责任编辑：陈　芳　高　洵
封面设计：林绵华
责任校对：陈俊婵
责任技编：何雅涛
出版发行：中山大学出版社
电　　话：编辑部 020－84111996，84113349，84111997，84110779
　　　　　发行部 020－84111998，84111981，84111160
地　　址：广州市新港西路135号
邮　　编：510275　　传　真：020－84036565
网　　址：http：//www.zsup.com.cn　　E-mail：zdcbs@mail.sysu.edu.cn
印 刷 者：广州市怡升印刷有限公司
规　　格：787mm×1092mm　1/16　12.5印张　150千字
版次印次：2015年5月第1版　2015年5月第1次印刷
定　　价：40.00元

如发现本书因印装质量影响阅读，请与出版社发行部联系调换

一场游戏一场梦

也不知道在哪里得知今天是立秋的消息，忽然觉得这光影过得如此之快，仿佛是在不经意之间。前几天还在奇怪寮房外为什么会有一股莫名的花香，今日细细看来，原来是蕉叶下的小桂花树开花了。在整理《红楼梦》的书籍之时，我隐约中还能感受到空气中的凉爽。

依稀记得，也就是在去年的这个时间，我只身来到这座岭南城市——羊城，成了这座城市一个微不起眼的来客。岭南是佛教文化发展的圣地，转眼间，我在晨钟暮鼓中度过了一年。

我把自己定义为一个行者，在人生行走的过程中，看遍一切浮华，然后在且行且珍惜的旅程中闻思善知识。在这段旅行中，一次偶然的机会我邂逅了一家书店，在万卷书籍中“红楼梦”三个字出现在我的眼前。从此，我便开始了再次阅读《红楼梦》的旅程。

我相信，关于解读《红楼梦》的书籍数不胜数。但是当我再次阅读《红楼梦》的时候，我已经不再是以前的我。《红楼梦》这本书，美得可以让我流泪，现在如此，我相信将来亦是如此。

“应无所住，而生其心”，这是《金刚经》给我最震撼的文字。有不少读者会给我写信，问我：“为什么看到你解读的《红楼梦》，尽是‘慈悲’二字?”我淡然笑了。一次，看到凤凰网一位读者五千多字的点评，我回了信：“眼耳宽，天地窄。当我们看多了这世上种种自己所不能理解的事情之后，就会渐渐地平静下来，理解这些东西。时间才是最好的改变!”

我之所以会提到《金刚经》中的那句话，原因在于而今我再次拜读《红楼梦》的时候，我发现自己已经淡然了。不知道是经常读《金刚经》的缘故，还是被《六祖坛经》中一句“听说依此修行，西方只在目前”所感动，总觉得如今的我手中虽然翻阅的是《红楼梦》，但是心中的那份宁静早已把《红楼梦》定义为经书了。

《红楼梦》真的是一本“应无所住，而生其心”的经书，这是一本像镜子一样的小说。“竹影扫阶尘不动，月穿潭底水无痕”就是对《金刚经》这句话最好的注解。为什么有人会讨厌书中的某个角色?为什么有人会欣赏书中的某个角色?原因很简单，因为在《红楼梦》这本世间的经书中，有你的倒影。

就像林黛玉和贾宝玉的关系，也许你会看得很纠结，还会百思不得其解，为什么两个互相不和的人会纠缠在一起，或许有些人会认为这种人生太累了。生活中，往往就是如此，不是我们觉得太累了，而是我们心中的那面镜子倒映着抹不掉的痕迹。于我而言，他们二人就是自己生活中的感动，这份感动来源于在我们有限的一生中，那个曾经气自己的，骂自己的，和自己吵架、怄气、闹脾气的人，才是你生命中最令你感动的人，这个人或许是师父、父母，也或许是朋友和自己所爱的人!

《红楼梦》又是一本可以让人宽容的书。诚如一位佛学院教务长所说:“每个人都在演戏，关键看谁不当回事!”确实如此，爱是一场戏，恨是一场戏，人情练达、机关算尽都是一场戏;醒是一场戏，迷更是一场戏。一场游戏一场梦，《红楼梦》就是一场开悟的梦，让每个在游戏人生之中的人，体悟生命的不同状态。当你明白这一切之后，原来不可原谅的事情都能释怀，因为你会发现，当初你认为必要的东西其实并没有那么重要。

我特别喜欢一句经文："少欲无为，身心自在；得失从缘，心无增减。须知心若轻浮时，要安心向下，心净则佛土净，息心即是息灾。"转身再读《红楼梦》亦是如此，种种的角色，不是远离、颠倒梦想，就是执迷。从繁华上演到落幕，从迷情升华到觉悟，其实这一切都是唯心所造。如果心中自有智慧，那一切都是人离难、难离身，一切殃灾化为尘。

在一场读者见面会上，一位读者曾经问了我一个让全场惊愕的问题："我非常讨厌贾环、贾蓉等人的猥琐，依你之说，那岂不是慈悲生祸害、方便出下流吗?"《红楼梦》的厉害之处就在于：如果你恨，《红楼梦》就会让你恨个够；如果你爱，《红楼梦》就会让你爱得醉生梦死。这本书会随着你的意念而转移，如同禅宗的当头棒喝，毫无商量的余地。对常人而言虽是骇人的问题，对我来说却非常淡然。所以我回答："《红楼梦》男女之间的关系无非就是在讲性、情、爱、欲这四件事情，这是凡夫毕生沉迷的四件事情，为何不能去原谅呢？况且，在这个世上许多人都戴着爱的面具，干尽了人间丑事，你又何必顶着自己的面具去批判别人的脸谱呢?"其实每个人都在演戏，关键看谁不当回事，你若当回事，烦恼就来了！有些事只可认真，而不必当真。

弹指之间，我来到这座城市已有一年之久，我从禅文化的角度解读《红楼梦》也有一年之久。在此期间，因为我对这座城市还不是很熟悉，又不喜与外界太多接触，离开寮房的诸多时间都是在佛寺的图书馆或各大图书城。《红楼梦》相关领域的书籍我非常了解，在林林总总解读《红楼梦》的书籍中，用禅文化来解读的著作在中国内地的图书市场为数不多。

一次，在一堆废弃的图书中，我偶然间拾到了一本近七万字的红学解读书。经过了解，原来这是一位出家人从唯识学的角度解读的，拜读内容之后，心中甚是欢喜，后来得知此书很早之前在台湾出版过，目前图书市场已经罕见此书了。很长一段时间，我反复拜读此书，在同沐法喜的同时，也沉思自身的情况，渐渐明白了很多，或许是一份释然。

十多家杂志曾刊登过我从禅文化角度解读《红楼梦》的文章，其中包括好几家教内的杂志。没想到我解读《红楼梦》的文章初次和读者见面，竟会如此受欢迎。为了分享阅读此书的喜悦，有些读者还不辞辛劳地对照着原文，把我的文章输录分享到了网络上。这让我更加明白了佛教文学与传统文学的继承和发扬是密不可分的。

以禅文化的观点来解读《红楼梦》，我深恐挂一漏万，毕竟有些领悟是难以用文字表达出来的，需要自己去经历，这正是《红楼梦》的可贵之处。有一段时间，我的几篇相关文章在网络文学版块公开，都跻身当天影响力排行榜前十名，这是我无法预料的。之后，我推掉了这些门户网站编辑的邀请，不再更新相关文章。而今，在沐手诵完经书之后，我还是拿起《红楼梦》看那么几段。当进入《红楼梦》的角色之后，我蓦然发现《红楼梦》是世间最伟大的忏悔，曹雪芹是一位敢说实话的作者。其实，在这个世间上，最伟大的包容就是忏悔，生死一线仅在呼吸之间，人若死了，那么连忏悔的机会也没有了，这是多么遗憾的一件事情！上苍赋予世间一种美丽，那就是忏悔。在《红楼梦》中，爱恨情仇、生死离别、前世今生统统都是作者毕生的忏悔录。做人要像曹雪芹一样，要懂得时刻忏悔。

悟　澹

写于2014年立秋

《红楼梦》中也有“观音”

之所以我有这个胆量动笔去写读《红楼梦》的感受，有一半的原因取决于教务长妙一法师。用妙一法师的话来讲，我的文字中有一种不可思议的美，试着用禅文化解读传统文学经典，绝对可以使读者产生共鸣。起初我是婉言拒绝的，多半是因为不自信，后来法师的一句话感动了我：“每个人的悟性和因缘是不同的，不是经典读得多就能写出值得赞叹的文章，人家六祖还一个字不识呢！《六祖坛经》如今不也是旷世奇作！”

弹指之间，时间都在指尖敲打键盘的节奏中恍惚而过了。我发现，在拜读经典的同时，自己也会有所感悟。更不可思议的是，自己可以开《红楼梦》讲座了，自己写的文章跨越到了讲堂。于我而言，在创作的这段路程上，最大的感悟是学会聆听。

我个人的《红楼梦》讲堂就是在聆听中开始分享的。《红楼梦》有很多值得我们思考的问题，我常说《红楼梦》不仅是问题的发源地，同时也是答案的归结点。

杨怡：我还是习惯叫您老师。您解读的《红楼梦》我在杂志上看过，您有一句非常美的话，让我记忆深刻：“给慈悲一个道歉，放下万缘，是非恩怨都会模糊界限。”老师您对生活中美的发现，是因为文学的熏陶，还是生活环境的使然呢？

悟澹：这样说吧，我还是拿《红楼梦》中的感悟和大家谈谈。

我听过一位肢体语言学教授的课，他说人最丑的两个状态就是发脾气和喝醉酒的状态。其实在阅读《红楼梦》的时候，你会发现是非、美丑都是没有界限的。比如说刘姥姥去妙玉那喝茶，妙玉嫌弃她脏，然后她醉卧贾宝玉的床，被叫醒后与袭人展开一段关于脏的对话，你会发现每个人对生活的评价标准是不一样的。大家可能都看到过别人喝醉酒的一面，在酩酊大醉的状态下，绝大部分的人都是自怨自艾的。如果遇到自卑的人喝醉酒，他就会不停地妄自菲薄，甚至在醉语中自我埋怨。或许我们会认为他在耍酒疯，但是如果换一个角度来想，其实这样的人是在醉酒的状态中忏悔。

杨怡：一个人处在清醒的状态都看不清楚自己，如何能在醉酒中忏悔呢？

悟澹：所以我说《红楼梦》是一面镜子。读过《红楼梦》的人都知道，刘姥姥醉酒进宝玉房间时，曾和宝玉房间的镜子作了一番有趣的对话，大概意思是批评镜子中的“亲家”真没见过世面，好不容易来一次富贵人家，怎么没有尽兴戴一头花。刘姥姥曾在众人的戏耍下，戴了一头花。尽管是别人的戏耍，刘姥姥还是认为在自己晚年有幸美一次，是多么值得庆幸的事情，所以对着镜子中的“亲家”说这样的话。大家有没有想过，你会在清醒的时候说自己是个土包子或没有见过世面吗？我替你回答——“当然不会”。因为清醒时我们只有我执和我慢在作怪，哪里肯放下身段反省自己呢？我觉得曹雪芹写这些，特别有警醒意义。大家仔细想想曾经见过的醉酒画面，是不是总有些人在醉酒的时候自言自语：“我是没本事，我就比不过你怎么了，我好累啊，我真受不了你！”这是什么？其实这是在忏悔。人性不单单只有一面，多面的人性造就了现在的我们。

明德居士：我非常赞叹这种文学智慧。虽然我没有读过《红楼梦》，但是从这堂私人讲堂里，我能感受到读书的殊胜之处。就好像您刚才所说的忏悔，我瞬间有一个问题——人在清醒的时候忏悔都没有多大的用处，更何况在不清醒的时候呢？

悟澹：人生最大的可悲不是生离死别，而是在短暂的生命之中，没有丝毫忏悔之心。不管是在什么状态之下的忏悔，其实都是一种殊胜的圆满。我相信在座的朋友们，即使不了解《红楼梦》，也或多或少知道禅宗大德祖师的一些言行。禅宗最大的特点就是祖师的棒喝，说也不是，不说也不是，祖师会通过各种棒喝的方式让你不知所以然，然后把心中的种种全都置之一边，让你产生新的念头。在这个过程中你会茫然无知，也可能会晕头转向，但是祖师通过这种手段，让你焕然一新。那个以往迷茫的你，在这个过程中渐渐开悟，明心见性。其实在祖师或者你的皈依师父百般考验你的时候，你是茫然无知的，也就是说，你已经“醉了”。这个醉是你表象的醉，而你内在的东西，比如你的心境和妄念，是会渐渐苏醒的，这就是禅宗的魅力所在。而《红楼梦》则是一本世间的经书，将世间的一切都表达得无比完美。

廖老师：看了您的文章，说真的，以前我无法表达的话您都替我表达了。在学校，我很难找到这样的学生。其实看了您解读的《红楼梦》，有个问题我始终不明白。您一直强调，在《红楼梦》中您看到了包容。像林黛玉和贾宝玉这两个人，如此纠缠，难道也是曹雪芹的包容吗？

悟澹：林黛玉让我印象最深刻的是，贾宝玉好她也哭，贾宝玉被父亲骂她也哭，总之林黛玉就是一直哭哭啼啼的。用贾母的话来说，她与贾宝玉不是冤家不聚头。其实在我们现实生活中也是如此。我看在座的绝大多数都像是有儿女的人了，我说一个现象，以做母

亲的为例，如果你儿子非常优秀，你会百般地爱怜，万分地欣慰，夸赞之余甚至被儿子的优秀感动得流泪。如果儿子不顺人心，做出你无法理解的事情，你会烦，会流泪，甚至还会说出“我怎么生出你这种不争气的废物”的话。我相信做母亲的人都有过这样的经历，但是即使如此，只要一想起自己的儿女，好也罢，歹也罢，你都会在内心深处加以袒护。这种百般的矛盾，你会认为是纠缠吗？不会。你之所以不会这样认为，那是因为他是你的儿子，或她是你的女儿。其实贾宝玉和林黛玉也是这样，那声妹妹长，妹妹短，对于贾宝玉来说，是人生的一大欣慰，因为在他生命中，有这样一个人值得自己去生气，去哭，去难受，都是因为这是一生所爱。就像你们对自己的儿女一样，嘴上说“我当时怎么生了你这么一个货色”，但心里无不爱之抚之，倘若外人有半点不好的评价，心里就会有一百个不自在。

我想曹雪芹就是想告诉大家一个很简单的道理：那个曾经让你百般难受的、无地自容的人，那个打你的、骂你的人，才是最值得你珍惜的，因为在你的人生中，这个人不可或缺。

方琴：说到忏悔，是不是有一种忏悔叫做自卑，或者都是因为人的自卑而产生忏悔？

悟澹：我对忏悔的定义是找到另一个隐藏很深的自己。其实在《红楼梦》中有这样的事例。贾宝玉初次见秦钟的时候，两人的心理动态就是最好的体现。贾宝玉见秦钟眉清目秀，一派风流的样子，就在心中骂自己是泥猪癞狗，认为山珍海味最终是粪堆泥沟，富贵对于自己而言是荼毒；而秦钟见宝玉形容他出众、举止不凡，便恨自己出生于清寒之家，无奈“贫窭”二字限人，是世间大不快之事。其实这里讲的就是两个孩子之间的自卑，但是我们也可以理解为忏悔。在这个片段里，曹雪芹要表达的不仅是一种自卑形式的忏悔，更多的是在启发人们在生活中要学会满足，不要去羡慕别人。因为可能你在羡慕别人的同时，别人也在羡慕你，其实每个人都是幸福的，只不过你的幸福往往体现在别人的眼中。

其实《红楼梦》就是一面镜子，曹雪芹厉害之处在于他能做到表情达意时不留任何痕迹。古人言“竹影扫阶尘不动，月穿潭底水无痕”，就是如此。《金刚经》中的“应无所住，而生其心”，我想也是这个道理。

有时候我自己都觉得不可思议，能在这样的私人讲堂，和大家一起分享读书的感悟，而且是开坛必讲《红楼梦》，分享我读经典的一点心得。在佛教诸多经书中，开篇很多都是“如是我闻”、“唯然世尊，愿要欲闻”，于我而言，这是世间最美的声音。其实现实生活中的我们，都以我为中心，我执之心过于严重，傲慢和偏见成了我们生活的情感色调。然而，我们会在佛教的经典中发现，很多圣人的话，都不是以我为中心，而是“如是我闻”，欣闻法喜时那种“唯然世尊，愿要欲闻”的迫切求知心理，对我特别有教育意义。在《红楼梦》中，每次开卷阅读的时候，我都会在心里默念一次“如是我闻”，因为这里面有太多生活的智慧，现实生活中的我们过于喧哗，从来不懂得让自己静下心来聆听。“观音”——观闻世间大慈大悲之音，观闻世间智慧之音，就是一种智慧。我想，《红楼梦》里就有“观音”。

根据作者私人讲堂整理

2014年12月5日

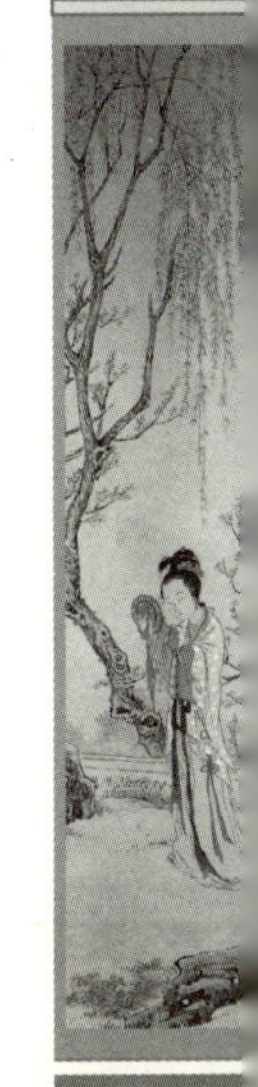

目　录

第一章　《红楼梦》人生真相的虚空幻境

名字背后的人世玄机

每次阅读《红楼梦》，我都会想起一则佛教故事。有一个人被一只老虎追赶，为了逃生被迫跳进枯井中，幸好抓住了攀附井沿生长的树根。一位猎人路过并给他送了绳索。不料他却贪婪于从树根上滴下的蜂蜜，竟然忘记了攀爬。此时井底下有三条毒蛇，树根上有一黑一白两只老鼠正啃着树根打洞。在如此严峻危险的情况下，这个人还是津津有味地吃着蜂蜜。

故事在向我们揭示着人生的真相：老虎象征无常，猎人的绳索暗喻解脱之道，三条毒蛇比喻地狱道、饿鬼道和畜生道的佛教三恶道，一白一黑的老鼠如同昼夜。

其实《红楼梦》中的故事真意也是“命”与“运”的预言，《红楼梦》中的诗、人物名字也都是预言。故事的开篇作者说经历了一番梦幻之后，意将真事隐去，并借通灵之说，撰此一书，故曰“甄士隐”，然后以此展开《红楼梦》的起因、经过和结果。

在《红楼梦》中，像这样的案例不计其数。如甄士隐的女儿英莲，这个人物一出场，就改变了整个家族的命运。元宵佳节，下人霍启抱着英莲看社火花灯，不料英莲丢失。甄士隐夫妇思女心切而患病，然后就是葫芦庙香火烧了甄士隐所住巷子的整条街，全部家产化为灰烬。

这里我们注意到，甄士隐女儿的名字——英莲，这场厄运就是由她的丢失而拉开序幕的。“因”为英莲的丢失，才引发出这一“连”串的事端。但谁是导火线，我们也要注意一下，因为下人霍启照顾不周，导致英莲丢失，“祸起”的根本就是霍启的疏忽。

再回头看，甄士隐，姓甄，名费，字士隐，作者的本意就是这一系列的真事全都是子虚乌有，全都“废”掉了。而甄士隐的结局就是因为这场火灾而退隐还乡，在妻子娘家寄人篱下遭人白眼，领悟到生命的空幻，最终出了家，真正地隐了去，这人生皆苦的人生真相就这样上演了。

“好”和“了”的出世、入世之道

冬去春来，春耕秋收，种瓜得瓜，种豆得豆，都必定有其轮回的道理，万法无常，都是不可抗拒的规律。

世人都晓神仙好，惟有功名忘不了！
古今将相在何方？荒冢一堆草没了。
世人都晓神仙好，只有金银忘不了！
终朝只恨聚无多，及到多时眼闭了。
世人都晓神仙好，只有娇妻忘不了！
君生日日说恩情，君死又随人去了。
世人都晓神仙好，只有儿孙忘不了！
痴心父母古来多，孝顺儿孙谁见了？

甄士隐是有悟性的，听到跛足道人口中念叨的《好了歌》和“世上万般，好便是了，了便是好。若不了，便不好；若要好，须是了”之言，便能彻悟“好”和“了”的玄机。

《好了歌》所提倡放下的领悟，是把这世间的权力、财富、情感全都通过“好”和“了”来点醒甄士隐和世人。甄士隐疼爱女儿，做过富人，当过官儿，是名利场中经历过的人，但这所有的一切“好”到最后怎么就“了”了呢？而甄士隐这人生最后的觉悟是如何从“好”领悟到“了”呢？

“士隐本是有宿慧的，一闻此言，心中早已彻悟。”宿慧是指前世留下的智慧，佛教认为这是前世历经劫难修行以后积累到的觉悟，在今世遇到机缘就会显现出来。如《景德传灯录·鸠摩罗多》：“阇者夜多承言领旨，即发宿慧，恳求出家。”今生出家的因缘，是前世信佛之慧的显发。

不管是在甄士隐人生鼎盛的时候，还是到最后没落的时候，都是宿慧在今世显现而奠定的。“了”是什么？“了”就是放下。只有放下了，甄士隐才得以解脱。所以，在经历这番兴衰之后，甄士隐能够迅速明白，挣扎痛苦之后就是要解脱痛苦，这是对立的，就像黑对白、冷对暖、坏对好、出对入、出世对入世那样，这就是无常的变化。

在《红楼梦》中一直都是真实与虚幻不断交错着。小说第一回，不管是神话故事也好，现实故事也罢，都脱离不了“好了”。绛珠草受神瑛侍者一生的灌溉，最终修炼成女身。因为神瑛侍者动了凡心，要去人间经历一番繁华，绛珠草所幻化的女子便也要求跟着去一遭，并用自己一生的眼泪还神瑛侍者昔日的灌溉之恩，以此来“了”却这段恩情。

领悟，别人是没有办法给你的，需要自己在摸爬滚打中慢慢地体会，然后还要看自己是否有这个慧根，神话故事中的人物如此，现实中也是这样。在这里我不由得想到了《白蛇传》这则民间传说。

白娘子的故事在民间是家喻户晓的。千年蛇妖白娘子和许仙的爱情故事，因掺入了佛门弟子法海这一角色，便将前世今生的爱情通过三人的立场展现得无比凄美浪漫，再经过民间流传以及文学加工，至今令人念念不忘、不胜唏嘘。

白娘子与许仙的结合是浪漫而感人的，但追根究底还是孽缘。尽管如此，百姓对白娘子的遭遇还是给予了同情，更多的是批判法海的冷酷与无情。而法海在故事中所扮演的是出家人的角色，出家人本应慈悲为怀，为何还要苦苦执着地拆散一对有情人呢？

一段传说的兴起，必定有其问世的背景，多半包括当时的民生、政治等因素。抛开这一切，我们来分析法海这样一位看似负面的角色，有着怎样的佛教文化色彩。

《白蛇传》既然是民间传说，那么所谓的传说必定是传完说、说完传。在《白蛇传》故事发展的情节中，“钗”和“伞”是在白娘子的爱情中扮演重要角色的两件物品，蛇妖白娘子和许仙的情缘就靠这两件信物所定。就像《红楼梦》中的那句话“千红同窟（哭），万艳同杯（悲）”一样，白娘子和许仙定情的“钗”扮演着“拆”的角色，两人的媒人“伞”则暗喻着“散”的结局。

在白娘子的故事中，法海前世是抓蛇老人，曾抓过未得道的小蛇白娘子，不想被许仙前世小牧童所救。因此，今生白娘子报恩许仙却遭遇法海阻挠。《白蛇传》故事的巧合就在于它和佛家的因果之说有着密切的关联。

种善因，结善果，一饮一啄莫非前定，眼耳鼻舌身感受到的其实都是由因所引出的果。恩怨情仇会让你被世间的幻象所迷惑，一切有为法，都是“色”和“相”而已。跳出三界外，不在五行中，梦幻泡影、一切皆空。

站在白娘子的角度，她为了报恩，不惜一切代价妄图救出夫君，只顾小爱不顾大爱，水漫金山殃及无辜；站在法海的角度，他永远扮演着忍辱负重的角色，不为世人理解，却还要苦口婆心地来度化白娘子和许仙。试问法海这样做是不是在指引白娘子？

白娘子虽然是蛇妖，但水漫金山这样的排场都能摆出，一座小小的雷峰塔真的能镇压得住她吗？难道这当真是法术的厉害吗？我想，当白娘子进塔的那一刻，她或许明白了塔内的自己不懂得珍惜，塔外的亲人又何处去安家？面对佛法的沐浴，或许白娘子领悟到今日塔内充实自己，明日塔外方才一片繁华，若想出塔必须先入塔，白娘子明白了要脱离轮回，方可得到大爱。

白娘子和甄士隐是一样的，在一切经历之后，才不去挣扎，最终以“了”来升华到“好”的境界，这是甄士隐也是白娘子的人生蜕变和精进。

《毗婆沙》五梦之说，终究红楼一梦

“悲喜千般同幻泡，古今一梦尽荒唐。”曹公的《红楼梦》在梦文化历史上可以说是当之无愧的巅峰之作。《红楼梦》中描写了三十二个“梦”，其中前八十回二十个，后四十回十二个。曹公费尽心血描写梦境，以梦来点醒世人：人生在世，费尽心机颠倒妄想，以梦为真，却也躲不过生死轮回。《脂砚斋本红楼梦》云：“一部大书起是梦，宝玉情是梦，贾瑞淫又是梦，秦之家计长策又是梦，今作诗也是梦，一并风月鉴亦从梦中所有，故曰《红楼梦》也。”

《金刚经》中著名的六如偈——梦、幻、泡、影、露、电，之所以将梦排在首位，那是因为“皆自妄想而成，亦如梦境”。许多人的现实生活跟梦境一般，分不清是梦境还是现实。以这种巧妙的比喻引导众生顿悟，形成了“梦悟”。

在佛教当中关于梦的起因，有着“五梦”、“四梦”之说。《毗婆沙》中记载，做梦的原因有五种，即他引、曾更、当有、分别、诸病。而《法苑珠林》中的记载则将梦区分为“四大不和梦、见先梦、天人梦和想梦”。从本质意义上来讲，这两种说法有互相重叠的部分。这种分类方式将民间信仰和佛法有机地结合在了一起。

所谓《毗婆沙》中“他引、曾更、当有、分别、诸病”，我们也不难理解。他引，就是被外界事物所引导的梦；曾更，就是以前经历过的一些事情在梦中发生；当有，就是未来所发生的事情会在梦中提前出现；分别，就是日有所思夜有所梦；诸病，就是由于身体的不适所产生的梦。

开篇第一回，第一个梦就是“甄士隐梦幻识通灵”，交代了贾宝玉和林黛玉两人的前世姻缘，并且预示两人“石木之缘”的基本走向。

此事说来好笑，竟是千古未闻的罕事。只因西方灵河岸上三生石畔，有绛珠草一株，时有赤瑕宫神瑛侍者，日以甘露灌溉，这绛珠草始得久延岁月。后来既受天地精华，复得雨露滋养，遂得脱却草胎木质，得换人形，仅修成个女体，终日游于离恨天外，饥则食蜜青果为膳，渴则饮灌愁海水为汤；只因尚未酬报灌溉之德，故其五衷便郁结着一段缠绵不尽之意。恰近日这神瑛侍者凡心偶炽，乘此昌明太平朝世，意欲下凡造历幻缘，已在警幻仙子案前挂了号。警幻亦曾问及，灌溉之情未偿，趁此倒可了结的。那绛珠仙子道："他是甘露之惠，我并无水可还。他既下世为人，我也去下世为人，但把我一生所有的眼泪还他，也偿还得过他了。"

在这个梦中，既有《毗婆沙》五梦中的"曾更"，也有五梦中的"当有"。这个"当有"是指还泪一事，后续勾出诸多风流冤家，一道一僧要陪他们去了结此案。

《红楼梦》第二十四回"醉金刚轻财尚义侠，痴女儿遗帕惹相思"中，年方十六的丫鬟红玉丢了手帕，便四处寻找，巧合之下在怡红院见宝玉喝茶无人照料。园中的女儿多的是，红玉只不过是一个不起眼的小丫头罢了。在这达官贵人之家，为奴为婢的女人哪个不想飞上枝头变凤凰？从宝玉和红玉两人对话中，红玉的回答就能看出她不安现状之心。

宝玉看了，便笑问道："你也是我这屋里的人么？"那丫头道："是的。"宝玉道："既是这屋里的，我怎么不认得？"那丫头听说，便冷笑了一声道："认不得也多，岂只我一个。从来我又不递茶递水，拿东拿西，眼见的事一点儿不作，那里认得呢。"宝玉道："你为什么不作那眼见的事？"那丫头道："这话我也难说。只是有一句话回二爷：昨儿有个什么芸儿来找二爷。我想二爷不得空儿，便叫焙茗回他，叫他今日早起来；不想二爷又往北府里去了。"

但是偏偏让红玉寻得这么好的一次机会，这丫头"早接了碗过去"，以此机会在宝玉面前献殷勤，方便攀高枝。但是天不遂人愿，却让提水回来的秋纹、碧痕两人一顿奚落嘲讽。这等良缘就这样白白错过了，红玉不免心灰了一半，然后闷闷地回至房中。

（红玉）睡在床上暗暗盘算，翻来掸去，正没个抓寻。忽听窗外低低的叫道："红玉，你的手帕子我拾在这里呢。"红玉听了，忙走出来，一看不是别人，正是贾芸。红玉不觉的粉面含羞，问道："二爷在那里拾着的?"贾芸笑道："你过来，我告诉你。"一面说，一面就上来拉他。那红玉急回身一跑，却被门槛绊倒。

不到下一回分解，你还真不知道红玉这是在做梦。在《红楼梦》中，众多梦境都不同，写梦的章法总不雷同。此梦更写得新奇，不见后文不知是梦。在封建社会，不管女子还是男子，追求自由爱情是不符合社会伦理观念的。妙龄少女的相思之梦在这里体现出一种强烈的感情占有欲，是一种潜在的思想，在潜意识里通过梦境物象化了。红玉这日有所思夜有所梦，正是《毗婆沙》五梦中"分别"的体现。曹雪芹逼真的梦境描写，将一个身份普通的小人物的深层心理活动洞幽烛微地展现在读者面前。

第八十七回"感秋声抚琴悲往事，坐禅寂走火入邪魔"，这一章节对妙玉的梦境描写引起了不少争论。作者敢以"走火"之笔，对一位年轻女尼在封建社会思想禁锢和宗教意识重压下的修行"禅寂"心理，用一系列扭曲变化的手法描写得淋漓尽致。

栊翠庵的妙玉在大观园与惜春下棋，一旁观棋的宝玉随口一问的话让妙玉害羞了。随后妙玉告辞，因园中小路弯曲找不到回家的路，就让宝玉陪同引路。路过潇湘馆的时候听到黛玉弹琴吟唱"之子与我兮心焉相投"的重重忧思，不免让妙玉春心萌动。回到庵中吃罢饭，妙玉即上禅床打坐。

屏息垂帘，跏趺坐下，断除妄想，趋向真如。坐到三更过后，听得屋上嗗碌碌一片瓦响。妙玉恐有贼来，下了禅床，出到前轩，但见云影横空，月华如水。那时天气尚不很凉，独自一个凭栏站了一回，忽听房上两个猫儿一递一声厮叫。那妙玉忽想起日间宝玉之言，不觉一阵心跳耳热。自己连忙收摄心神，走进禅房，仍到禅床上坐了。怎奈神不守舍，一时如万马奔驰，觉得禅床便恍荡起来，身子已不在庵中。便有许多王孙公子要来娶他，又有些媒婆扯扯拽拽扶他上车，自己不肯去。一回儿又有盗贼劫他，持刀执棍的逼勒。只得哭喊求救。

作者通过此番梦境反映出伴随古佛青灯，清心寡欲、心性高洁的妙玉“红尘未断”，的确是惊世骇俗、令人震惊的梦境描写，因此引来了当代某些学者的不满和疑惑。且不论这些，梦本身与伦理、审美和社会观念是相违背的。妙玉之所以有这个梦境，导火线是在大观园内的一系列事情，她是被外界事物所牵引而产生了这个梦境。妙玉的这场梦境是《毗婆沙》五梦中“他引”的完美体现，正是宗教意识让妙玉处于“子之遭兮不自由”的境地。

在《红楼梦》第十二回“王熙凤毒设相思局，贾天祥正照风月鉴”中，贾瑞爱慕凤姐，在自我情欲的火焰中默默地煎熬。贾瑞遭遇苦打，饿着肚子，在风口里跪着读书那种悲苦万状的画面，对我们而言或许是一种警示。贾瑞这位痴情，或者被读者定义为下流的人，最终却不得善报，因陷入王熙凤设计的圈套中，最终一步一步走向死亡。

贾瑞收了镜子，想道：“这道士倒有意思。我何不照一照试试。”想毕，拿起“风月鉴”来，向反面一照，只见一个骷髅立在里面。吓得贾瑞连忙掩了，骂：“道士混帐，如何吓我！我倒再照照正面是什么。”想着，又将正面一照，只见凤姐站在里面招手叫他。贾瑞心中一喜，荡悠悠的觉得进了镜子，与凤姐云雨一番，凤姐仍送他出来。到了床上，“嗳哟”了一声，一睁眼，镜子从手里掉过来，仍是反面立着一个骷髅。贾瑞自觉汗津津的，底下已遗了一滩精。心中到底不足，又翻过正面来，只见凤姐还招手叫他，他又进去。如此三四次。到了这次，刚要出镜子来，只见两个人走来，拿铁锁把他套住，拉了就走。贾瑞叫道：“让我拿了镜子再走。”只说了这句，就再不能说话了。

这里的贾瑞是有病的，他的生命力被情欲无法占有的那份煎熬消耗殆尽。躺在床上的他殊不知自己已经因情患病，宁愿看着镜子的正面，到镜子里去做男欢女爱之事，也不愿看镜子反面的骷髅反思自己，直到在镜子里面风流到精尽人亡。这里作者对梦只字未提，但是这镜子何尝不是一场梦境，境外的人是痴病之人，境内的事是痴病之事，完全可以说是《毗婆沙》五梦中“诸病”的写照。

以上举例只不过是《红楼梦》诸多梦境中的冰山一角，书中诸多梦境均能体现出《红楼梦》色即是空的思想主题。面对这是爱是欲、是缘是怨、是纯是浑的种种，到头来都是一场“空”、一场哗众取宠的“梦”，只是枕边梦去心亦去，醒后梦还心不还。

宝玉，情痴一场梦

《红楼梦》最让我注意的地方，就是这个“梦”字。当我们以每一个角色为镜子的时候，会发现情痴一场梦，算计一场梦，繁华一场梦，到头来分离聚合都是梦。曹雪芹“如梦似幻”的主题多半含有以悲为主的色彩，带入了佛教“空”、“梦”、“幻”的思想。

《红楼梦》的开示让我明白“浮生着甚苦奔忙？盛席华筵终散场。悲喜千般同幻泡，古今一梦尽荒唐”。贾瑞的淫是梦，宝玉的情也是梦，诚如曹雪芹笔下一僧一道的叹息：“乐极悲生，人非物换，究竟是到头一梦，万境归空。”

却说秦氏因听见宝玉从梦中唤他的乳名，心中自是纳闷，又不好细问。彼时宝玉迷迷惑惑，若有所失。众人忙端上桂圆汤来，呷了两口，遂起身整衣。袭人伸手与他系裤带时，不觉伸手至大腿处，只觉冰凉粘湿的一片，吓的忙退出手来，问是怎么了。宝玉红涨了脸，把他的手一捻。

第六回开篇，就把梦境拉回现实，这是一个非常大的转变。《红楼梦》的伟大之处就在于作者曹雪芹能把大家不敢说的话，全都通过梦境表现出来，而且极具开示意味。宝玉梦醒之后，却被袭人发现他睡觉时遗精，这对处于青春期的他们而言，是多么尴尬的一件事情。但是曹雪芹却这么不经意地写了出来，而且就在梦醒之后。宝玉的梦本身极具预示意义。在宝玉的梦境中，他提前看到了身边所有人的命运，但是执迷的他无法参透其中的暗示，只是当作一场梦，却不知梦境的种种，一切极具象征意义。

宝玉在梦中与秦可卿柔情缱绻、软语温存、难舍难分，在梦中行云雨之事，却在梦外遗精，这是青少年青春时期身心发育阶段的现象。《红楼梦》是一本伟大的造“梦”奇书，性情爱欲在这本书里都是大梦一场。

宝玉之所以有这样的梦，是因为警幻仙子为了让他在梦中提前开悟，来了却这一切的冤孽。不料，梦中的种种却诱发了宝玉的情痴。不得不说，有些事物需要我们身体力行地感受，前人称之为“历劫”。

“一场幽梦同谁近，千古情人独我痴。”这不仅仅在说宝玉，也是曹雪芹对我们的开示。佛教有六道轮回之说，死后会出现“四大分离”的现象，我们生前的色身皆为幻身。古人言：“眉睫线交，梦里便不能张主；眼光落地，泉下又安得分明？”我经常听到有人批判宝玉梦中的种种，其实梦是不具备伦理和常情的。诚如古人所言，双眼闭上，睡梦中的人都不能自作主张，九泉之下我们又如何能分明呢？

不管是宝玉的梦，还是贾瑞风月宝鉴镜中的梦，讲的无非就是痴迷。贾瑞痴迷一场梦，断送了性命；宝玉情痴一场梦，顿悟了红尘。如同宝玉的梦，虽然在和秦可卿云雨，但是曹雪芹同时也写出了宝玉“见荆榛遍地，狼虎同群，迎面一道黑溪阻路，并无桥梁可通”的梦境。读到这里，读者或许能够豁然体会到人生在世如身处荆棘之中，心不动，人不妄动，不动则不伤；如心动，则人妄动，伤其身痛其骨，于是体会到世间诸般痛苦。

第二章 《红楼梦》的大乘佛教思想

大凡有思想的人看了《红楼梦》，都会评说出一二。每个人的慧根不同，所看的角度也是不一样的。实际上，不懂佛学难通红学，这话一点都不假。读《红楼梦》，看大观园的兴衰聚散，那些府上众生因爱别离苦而空悟智的人生哲理，均有专研者从多个角度考证。

《红楼梦》中的人情世态、万象森罗，用佛教的眼光来看这本书，不管是台前还是幕后，均显其妙。缘起万有如台前，性空无我为幕后。作为中国传统文化集大成者的《红楼梦》，在多元文化的交融中，大乘佛教中的重要思想，如救度思想、般若智慧、性空幻有、神秘主义色彩等，都贯穿于因情宿孽、悲喜繁华、万缘无常、“警幻”醒世的描述之中。

《红楼梦》的佛教救度思想情怀

简单地说，大乘佛教与小乘佛教的区别在于，大乘佛教认为佛教徒要做到顺应世法，积极入世，恒顺众生；小乘佛教却致力于个人解脱，与大乘佛教普度众生有着明显的区别。

大乘佛教的基本特征是在世俗中深入众生，以便救度众生。所谓“乘”有“乘载”或“道路”之意。用这种教义比喻一艘巨大无比的船，承载众生脱离苦难、了脱生死，从生死此岸世界到达涅槃解脱的彼岸世界成就正果。

《大方广佛华严经》中说："我不成就众生，谁当成就？我不调伏众生，谁当调伏？我不寂静众生，谁当寂静？我不令众生欢喜，谁当令欢喜？我不清净众生，谁当令清净？菩萨复作是念。"大乘佛教的救度思想就像一根线一样贯穿于整本《红楼梦》中。

《红楼梦》故事的起因就建立在一个"还债"的基础上。作者以"意欲下凡造历幻缘"作为开始，以"一生所有的眼泪还他"作为铺垫，从而引申到救度思想这个过程。第一回中一僧一道为下凡造历幻缘之事造功德，将这一半落尘之事交割给警幻仙子，然后在后续的故事章节里展开下世度脱的动作。

在《红楼梦》的恩恩怨怨、人物的承转启合中，我们不难发现，不管是甄士隐、柳湘莲和贾宝玉的出家，还是贾雨村觉迷渡口的悟道等故事情节，都与大乘佛教救度思想有着紧密的关联，碰巧由这一僧一道完成这个度脱的动作。

曾与很多人聊天，大多都会认为得成正果或者在佛教中的解脱、救度的结局都是死亡。这种认识是不对的。在大乘佛教的思想中，救度并不意味着死亡，而是了脱生死达到彼岸世界成就果位。正如第一回：

士隐因说道："适闻仙师所谈因果，实人世罕闻者。但弟子愚浊，不能洞悉明白，若蒙大开痴顽，备细一闻，弟子则洗耳谛听，稍能警省，亦可免沉沦之苦。"二仙笑道："此乃玄机不可预泄者。到那时只不要忘我二人，便可跳出火坑矣。"士隐听了，不便再问。

其实在这里，这一僧一道已经为后期的救度做好了准备。"到那时不要忘我二人，便可跳出火坑矣"这话里已经暗藏玄机，所以后来甄士隐在遭遇丢女儿、葫芦庙失火烧府院、寄人篱下饱受岳丈冷眼等一系列事情之后，听到了跛足道人所念叨的《好了歌》，便很快明白世上万般，好便是了，了便是好，若不了，便不好，若要好，须是了的道理，于是出了家。正是因为士隐本是有宿慧的，一闻此言，心中便已彻悟。在这里，甄士隐丢了女儿、葫芦庙失火烧府院、投人不着这些遭遇，就像教义这艘巨大无比的船一样，以救度情怀把甄士隐从“了”的这个世界升华到“好”的世界。

在《红楼梦》中，贾宝玉觉悟的过程也是一个救度的过程，不同的是整个过程都是贾宝玉借助一僧一道自我救度。如第一回：

俄见一僧一道远远而来，生得骨格不凡，丰神迥异，说说笑笑来至峰下，坐于石边高谈快论。先是说些云山雾海神仙玄幻之事，后便说到红尘中荣华富贵。此石听了，不觉打动凡心，也想要到人间去享一享这荣华富贵，但自恨粗蠢，不得已，便口吐人言，向那僧道说道：“大师，弟子蠢物不能见礼了。适闻二位谈那人世间荣耀繁华，心切慕之。弟子质虽粗蠢，性却稍通，况见二师仙形道体，定非凡品，必有补天济世之材，利物济人之德。如蒙发一点慈心，携带弟子得入红尘，在那富贵场中温柔乡里受享几年，自当永佩洪恩，万劫不忘也。

“弟子质虽粗蠢，性却稍通”，可见这石头自己的障碍是质地“粗蠢”，所以才以去富贵之乡温存之说要求二仙救度，直到在人间经历了梦幻之后，宝玉的觉悟才开始有了变化。如第一百一十七回：

宝玉本来颖悟，又经点化，早把红尘看破，只是自己的底里未知；一闻那僧问起玉来，好像当头一棒，便说道："你也不用银子了，我把那玉还你罢。"那僧笑道："也该还我了。"

在这里，我们可以看出宝玉已经发生了明显的变化。对于这种变化，那一僧一道只起着"乘"的媒介作用，真正起救度主导作用的还是林黛玉。林黛玉之死让宝玉看破红尘、了悟生死。在这个大的框架上，我们可以这样理解，在贾宝玉从一个石头的"粗蠢"转变到"灵性"的过程中，一僧一道充当了引导人，而林黛玉则执行着救度思想的任务，让贾宝玉从本壳的"粗蠢"走向自觉觉悟的灵性境界。

其实，石头"粗蠢"寻求一僧一道救度的框架，倒和《西游记》第四十九回有着异曲同工之妙：

老鼋道："不劳师父赐谢。我闻得西天佛祖无灭无生，能知过去未来之事。我在此间，整修行了一千三百余年；虽然延寿身轻，会说人语，只是难脱本壳。万望老师父到西天与我问佛祖一声，看我几时得脱本壳，可得一个人身。"

后来唐三藏到了西天之后，只顾经书之事而把老鼋的交代忘得一干二净，导致老鼋最后驮唐三藏渡河发怒，直接将经书沉入河内。老鼋和宝玉一样"质地粗蠢，难脱本壳"，宝玉得到了很好的救度机会，老鼋却没有得到唐三藏的救度，不免让人觉得惋惜。

凡事都讲究因缘，大乘佛法的救度亦是以因缘为度，菩萨佛陀这样的救度方式在佛教经典中不计其数。在《红楼梦》中，警幻仙子多次救度宝玉，以酒、茶茗、妙曲、情欲、色相度化他，宝玉也未能觉悟。可见警幻仙子多次以缘而度，并没有真正找到宝玉的“缘起”之地在哪里。

密宗传说中有这么一个典故：婆罗门教的信奉者毗那夜迦国王经常屠杀佛教徒，释迦牟尼得知后亲点观音去教化他，观音用了种种途径来度化毗那夜迦国王都无法将其降伏，无奈之下变化成美女和毗那夜迦交合，在观音的宽怀一度中，毗那夜迦终于顿悟，皈依佛门成为佛坛上众金刚的主尊。

我想很多人的记忆中都会浮现出《西游记》第四十九回“三藏有灾沉水宅，观音救难显鱼篮”那一节，还强调是没来得及梳妆的观音收服的鲤鱼精，整个收妖过程有详细的描写。比如，菩萨解下一根束袄的丝带，将篮儿拴定，手提丝带脚踏云彩，颂字道：“死的去，活的住；死的去，活的住！”当念到第七遍的时候，菩萨就将鲤鱼精收服在篮子里了。菩萨如此简单地就收服了鲤鱼精，整个过程连孙悟空都没看明白。

但是很少人知道观音手中的鱼篮，是菩萨以性作为方便法门的标志。其实鱼篮观音的形象是由娼妓转变成烈妇的，这也是鱼篮观音“以色设缘”的佛教义理和中国传统文化的融合。通俗地讲，观音手中的鱼篮是以性作为方便法门的标志，但是我们民间宗教却赋予了它降魔伏妖的功能。

《观音感应传》中提到，观音为了教化人们，变成了提篮卖鱼的美艳女子，得到了很多男子的青睐。观音要求只有在第二天能诵《普门品》、《金刚经》、《法华经》的人才愿意下嫁，但嫁入后须臾就死了。无论是密宗传说中的纵欲，还是观音的变化，其做法都是宣扬佛法，是传法度人，惩恶劝善的。

观音以色作为方便法门，其实就是因缘而度的理念。这种以娼救淫的行为，有着深厚的佛理基础。人们常说佛不度无缘之人，以色设缘的佛教义理，看似菩萨“行方便”，其实就是以“空”、“无相”、“无作”、“无我”等作为法门，熏修其心，教化众生。虽然菩萨自身陷于五欲的污泥中，但是一旦正法弘扬，就会抽身而去，牵出欲界。

《维摩诘所说经》说，“有以诸菩萨而作佛事，有以佛所化人而作佛事，有以菩提树而作佛事”，“有以饭食而作佛事，有以园林台观而作佛事”，“有以三十二相八十随形好而作佛事，有以佛身而作佛事，有以虚空而作佛事，众生应以此缘得入律行”，“有以梦、幻、影、响、镜中像、水中月、热时焰，如是等喻而作佛事”，开方便门，显真实像。所谓的方便法门就是正直舍方便，但说无上道，佛陀度化人一般都是看你有什么因缘，就以什么因缘来度化你。如第二十二回：

“漫揾英雄泪，相离处士家。谢慈悲，剃度在莲台下。没缘法，转眼分离乍。赤条条来去无牵挂。那里讨烟蓑雨笠卷单行，一任俺芒鞋破钵随缘化。”……黛玉看了，知是宝玉因一时感忿而作，不觉可笑可叹，便向袭人道：“作的是玩意儿，无甚关系。”说毕，便携了回房去，与湘云同看。次日又与宝钗看。宝钗看其词曰：“无我原非你，从他不解伊。肆行无碍凭来去。茫茫着甚悲愁喜，纷纷说甚亲疏密。从前碌碌却因何，到如今，回头试想真无趣。”看毕，又看那偈语，又笑曰：“这个人悟了。都是我的不是。都是我昨儿一支曲子惹出来的。这些道书禅机最能移性，明儿认真说起这些疯话来，存了这个意思，都是从我这一只曲子上来，我成了个罪魁了。”

此处的宝玉是否如薛宝钗说的那样开悟了？其实不然。宝玉若是在此处悟了，那警幻仙子的多次尝试救度早就成功了。要想度化宝玉，要知道宝玉的缘起，只有宝玉与大观园的众女儿家经历了一番才能抽身而去，牵出欲界。在第三十六回“识分定情悟梨香院”，是宝玉今后觉悟不被欲望所驱的一个重要转折。

那宝玉一心裁夺盘算，痴痴的回至怡红院中，正值林黛玉和袭人坐着说话儿呢。宝玉一进来，就和袭人长叹，说道：“我昨晚上的话竟说错了。怪道老爷说我是‘管窥蠡测’。昨夜说你们的眼泪单葬我，这就错了。我竟不能全得了。从此后，只是各人各得眼泪罢了。”袭人昨夜不过是些顽话，已经忘了，不想宝玉今又提起来，便笑道：“你可真真有些疯了。”宝玉默默不对。自此深悟人生情缘，各有分定，只是每每暗伤，不知将来葬我洒泪者为谁。此皆宝玉心中所怀，也不可十分妄拟。

“各人各得眼泪”正是呼应第一回的“还泪之说”。宝玉的缘起之根在林黛玉身上，解铃还须系铃人。虽然林黛玉颇具佛性，但是由于过于因情执着于烦恼，所以到死的那一刻也不能证得什么。相比薛宝钗，虽然薛宝钗本人有智慧，但是她心机太深，愿力不足。两人都不完美，一个是慈悲的象征，一个是智慧的代表，可以把她们比作是菩萨的化身，二人共同来度化宝玉，缺一不可。

宝玉因空起色，以色生情，入情入色，最后以色悟道，不是警幻仙子的能力所能救度的，因缘而合的根本在于林黛玉。在机缘的推波助澜下，林黛玉的死亡也是宝玉觉悟的一个重要契机点。

在《红楼梦》中，这种因缘和合而生的救度思想，在曹雪芹设计的框架中，相对而言牺牲太大了，这也是《红楼梦》包罗万象的重要原因所在。但是有时候往往一个“拙”才能道以拙成。警幻仙子未能找到宝玉的缘起之地，反而起到“谈空反被空迷”的效果，而宝玉在这“情缘”之地历劫之后才能觉悟，这才是《红楼梦》救度思想中因缘而度的玄机之处。

《红楼梦》的佛教神秘主义色彩

“宗教”一词，给人的第一感觉就是具有浓厚的神秘主义色彩，在中国表现为一种对神明和祖先的敬畏、尊敬，以教育和教化的方式建立起对神道和宗教的信仰。这种“神道设教”的方式以宗教为主题，包含对道德水准、神话著作、传道解惑等方式赋予大众建立信仰的宗教实践。

佛教的宗教神秘主义色彩在《红楼梦》中有着完美的诠释和体现。小说开篇即以女娲补天留下一块石头未用，展开了“通灵之说”的故事情节。此外，书中还有许多幻术、幻相来度化众生的情节。如第一回中，僧人念咒书符，大展幻术，将一块大石顿时变成一块鲜明莹洁的美玉，且又缩成扇坠大小的可佩可拿。

这种以幻相下凡历劫红尘的情节，在佛教的神秘色彩中大有教化意义，同时也掺入了民间习俗的咒语巫术，以解决与众生生活攸关的疑难问题，如第二十五回一僧一道将通灵宝玉持咒之后，便解除了宝玉和王熙凤的劫难。

在诸多的佛教神秘色彩中，梦文化也是不可或缺的一笔，而《红楼梦》不得不说是一本不折不扣的梦文化小说。在中国梦文化中，关于梦的起因有着深厚的研究架构，而在《红楼梦》的诸多梦境中，第十二回“风月宝鉴”解救贾瑞的描写便极具梦幻色彩。

先民在很早以前就提出过“因病而梦”的梦源学说，《黄帝内经》其实就是这种学说的最好印证。《黄帝内经》从中医的角度来解释梦，将梦的起因分为“淫邪泮衍发梦”和“虚气厥逆发梦”两大类。在《黄帝内经·灵枢》中一篇《淫邪发梦》是我国最早的论梦专篇。

《红楼梦》中贾瑞之死就与“淫邪发梦”有关。贪恋王熙凤美色的贾瑞，被王熙凤设了相思局却不能醒悟，爷爷让他在寒风里罚跪补功课都无济于事。贾瑞最终不能自拔，因不能得到凤姐的温存而导致因情病入膏肓。在无药可治的情况下，道人将“风月宝鉴”给了贾瑞，要求只能看镜子的背面，不能看镜子的正面。可是贾瑞无法控制自己的欲望，看到镜子反面的骷髅头就心生畏惧，而镜子正面与凤姐温存的画面让贾瑞无法自拔，镜中虚幻的情欲画面让不知底儿的贾瑞精尽人亡。

这一回的梦脱离于传统的梦境，传统的梦境都是依托于睡觉而产生的，而贾瑞的这个梦则通过镜子的正反面显现出来，更具佛教神秘主义色彩。曹雪芹这种手法的描写，用“虚空幻境”四字来教诲世人不要迷恋不切实际、让人着迷的事物，同时也用佛教神秘主义色彩的智慧将人生的悲欢离合、爱别离苦展现得淋漓尽致。

第三章　《红楼梦》众生的人生之苦

何等名为爱别离苦？所爱之物破坏离散。所爱之物破坏离散亦有二种：一者人中五阴坏，二者天中五阴坏。如是人天所爱五阴，分别挍计有无量种，是名爱别离苦。

何等名为怨憎会苦？所不爱者而共聚集。所不爱者而共聚集复有三种，所谓地狱、饿鬼、畜生。如是三趣分别挍计有无量种，如是则名怨憎会苦。

何等名为求不得苦？求不得苦复有二种：一者所希望处求不能得，二者多役功力不得果报。如是则名求不得苦。

何等名为五盛阴苦？五盛阴苦者，生苦、老苦、病苦、死苦、爱别离苦、怨憎贪苦、求不得苦，是故名为五盛阴苦。

——《大般涅槃经》

《红楼梦》所爱之物破坏离散的爱别离苦

关于“分离”和“聚散”，我想每个人都会有或多或少的感受，这种感受交织着悲欢离合。《大般涅槃经》第十二卷云：“何等名为爱别离苦？所爱之物破坏离散。所爱之物破坏离散亦有二种：一者人中五阴坏，二者天中五阴坏。如是人天所爱五阴，分别挍计有无量种，是名爱别离苦。”

《红楼梦》这部掺杂了悲欢离合、情仇爱恨的人生百味之书，写尽了人世的繁华如梦、森罗万象。作者用他的所感所悟，秉持一颗慈悲之心，把离苦得乐的情怀寄托于文字之中。然而，我们通篇来看《红楼梦》，曹雪芹是以“梦”和“幻”来立意本书主旨，在这个主旨框架的基础上，大多通过小说人物业力的破坏离散来阐述爱别离苦的无常人生。

所谓的爱别离苦，包括自己与亲人别离的痛苦，这种苦在《红楼梦》中处处常见。元妃省亲可谓《红楼梦》中最为繁华的一回，但是在这繁华之中，你会慢慢发现，有一种落寞和痛楚时隐时现地表露出来。如小说第十八回，有这么一段描写：

（元妃，即贾元春）又隔帘含泪谓其父曰：“田舍之家，虽齑盐布帛，终能聚天伦之乐；今虽富贵已极，骨肉各方，然终无意趣。”贾政亦含泪启道：“臣，草莽寒门，鸠群鸦属之中，岂意得征凤鸾之瑞。今贵人上锡天恩，下昭祖德，此皆山川日月之精奇、祖宗之遗德钟于一人，幸及政夫妇。且今上启天地生物之大德，垂古今未有之旷恩，虽肝脑涂地，臣子岂能得报于万一！惟朝乾夕惕，忠于厥职外，愿我君万寿千秋，乃天下苍生之同幸也。贵妃切勿以政夫妇残年为念，懑愤金怀，更祈自加珍爱。惟业业兢兢，勤慎恭肃以侍上，庶不负上体贴眷爱如此之隆恩也。”贾妃亦嘱只以国事为重，暇时保养，切勿记念等语。

在寻常百姓家看来，贾元春嫁到皇宫，并且做了贵妃，是多么可望而不可求的事情。元妃回来省亲的时候，排场相当气派奢靡，声势浩大，锣鼓喧天，但是在这种大排场的场面中，你又不得不因封建的仪轨而感到压抑。元妃好不容易从深宫回来，祖母、父母、亲戚们见到她却只能在一处跪着，而她自己也不能上前，多么可悲！这对于元妃而言，真是万箭穿心的痛苦。

一入宫门深似海，或许别人羡慕贾家出了一个贵妃，但是元妃见到亲人们却说出了实话。她说当年把她嫁到那个见不得人的地方，在她的内心深处，在给贾家带来荣耀的同时，也尝尽了皇城深宫的哀伤。

元妃期盼着与日夜思念的亲人相见，但是相见后，因为身份的尊卑之别，又不得不遵守皇家的礼仪。当谈及家长里短，寻常人家的亲情时，元妃表露出在长辈跟前承欢膝下，共享天伦之乐的那份向往。可是元妃想和亲人们感受亲情的愿望，却被父亲开口一番论孔孟之道、启天地生物之德、万寿千秋之业的“官方话”给打到九霄云外。元妃在深宫中与亲人分隔，而今虽然有机会和亲人相见，却只能远观而不可亲近。元妃在这种皇权束缚、家庭责任的双重压制下，把人生在世的爱别离苦、繁华背后的落寞和无奈演绎到了高峰。

《佛说五王经》云：“何谓恩爱别苦？室家内外，兄弟妻子，共相恋慕，一朝破亡，为人抄劫，各自分张，父东子西，母南女北，非唯一处，为人奴婢，各自悲呼，心内断绝，窈窈冥冥，无有相见之期。”这部经书的恩爱别苦和《大般涅槃经》中的爱别离苦是一个性质的，只不过在《大般涅槃经》的基础上，把爱别离苦的诸多现象列举出来，直达有情众生的内心深处。

《红楼梦》这个大舞台，也展现出“室家内外，兄弟妻子，共相恋慕，一朝破亡，为人抄劫，各自分张”的悲苦现象，而且这种爱别离苦的叙事方式从头到尾贯穿于《红楼梦》全书。

林黛玉前世以还泪之说投胎到人间，今生与宝玉百般纠缠。相聚时，黛玉哭；与宝玉离别时，黛玉也哭。黛玉是因爱生忧，因爱生怖，才会有这样的举动，而前世的情债使得宝玉也是如此。

在第五十七回，紫鹃为了试探贾宝玉对林黛玉的情谊，就编了一个谎言。“紫鹃道：‘在这里吃惯了，明年家去，那里有这闲钱吃这个。’宝玉听了，吃了一惊，忙问：‘谁？往那个家去？’紫鹃道：‘你妹妹回苏州家去。’宝玉笑道：‘你又说白话。苏州虽是原籍，因没了姑父姑母，无人照看，才就来的。明年回去找谁？可见是扯谎。’”

贾宝玉最见不得林黛玉离开，即使是林黛玉在他面前天天哭啼、日日打闹，对于贾宝玉而言都是欢喜在心中，但是听到林黛玉要离开的消息，起初贾宝玉的反应让晴雯摸不着头脑。“晴雯见他呆呆的一头热汗，满脸紫胀，忙拉他的手，一直到怡红院中。袭人见了这般，慌起来，只说时气所感，热汗被风扑了。”

对于贾宝玉而言，那个让他乐也好，气也罢的林黛玉妹妹，是他心头上的一块肉。这块肉不在了，比杀了自己还要痛苦。接下来李嬷嬷向宝玉脉门摸了摸，嘴唇人中上边着力掐了两下，掐的指印如许来深，他竟也不觉疼，可见紫鹃的这次试探对宝玉而言，是莫大的打击，一举引发了宝玉“痴狂”的傻病。

当贾母得知贾宝玉“病”得不轻之后，就拿紫鹃问话。“谁知宝玉一把拉住紫鹃，死也不放，说：‘要去连我也带了去。’众人不解，细问起来，方知紫鹃说要回苏州去一句顽话引出来的……正说着，人回：‘林之孝家的单大良家的都来瞧哥儿来了。’贾母道：‘难为他们想着，叫他们来瞧瞧。’宝玉听了一个‘林’字，便满床闹起来，说：‘了不得了！林家的人接他们来了。快打出去罢！’贾母听了，也忙说：‘打出去罢。’又忙安慰说：‘那不是林家的人。

林家的人都死绝了，没人来接他的。你只管放心罢。’宝玉哭道：‘凭他是谁，除了林妹妹都不许姓林的。’”

看到宝玉痴傻的举动，我们不免会觉得过于夸张，完全像是一个任性到极点的小孩子。然而，曹雪芹塑造的贾宝玉这个人物形象，正是一个十几岁的孩子。曹雪芹对贾宝玉纯真的内心世界的一系列描写，赋予了他人性美。同时通过对紫鹃编造林黛玉即将离别的谎言这一情节的设置，以及对贾宝玉因爱生忧、因爱生怖的情感刻画，深刻体现了佛教经典中众苦之一的爱别离苦。通过宝玉这个形象以情喻苦，确实能让人眼前一亮。同时也把佛教教理的文化领域扩展到文学版块，将佛教文学的教义通过《红楼梦》这本书中的世间法来体现，也让我们认识到大乘佛法的“佛法在世间，不离世间觉”的入道思想。

王夫人、林黛玉和晴雯的怨憎会苦

一提到晴雯，我想很多人都会想到晴雯撕扇的举动。很多人给晴雯“心比天高，身为下贱，风流灵巧招人怨”的评价，完全是基于晴雯不拘礼教、向往自由的性格。

《红楼梦》一书，不同年龄的人看都会有不同的人生感悟，这或多或少都与我们的所见所闻、所悟所感有关。儿时读晴雯的故事的时候，我的观点和很多人一样，认为晴雯是一个桀骜不驯的女子，小性子使得僭越了自己的身份。但是随着年龄的增长，我对晴雯这一角色的评价也发生了很大的变化。

晴雯这样一个真性情的女子，她的遭遇和出生背景值得我们去包容，而不是去同情。要了解晴雯，首先要了解这个女子的身份。

晴雯是服侍贾宝玉的四个大丫鬟之一，十岁那年被贾府的奴仆赖大买来，成了赖大的奴仆。赖大本身就是贾府的奴仆，这样一来晴雯就成了人下人。可以想象，一个十岁的女孩子在那个时代的如此遭遇，较之我们现在的生活环境，是多么痛苦不堪。但是晴雯还是有造化的，因得贾母的喜爱，赖嬷嬷就把晴雯作为讨贾母欢心的礼物送给了贾母，贾母欲以晴雯为宝玉的妾，便将她给了宝玉作为房内的丫鬟。晴雯口齿伶俐、聪明灵巧。然而，这样一个好姑娘为何却成为王夫人眼中钉，务必要铲之而后快呢?

我们再来了解王夫人，王夫人是贾政之妻、王子腾的妹妹，和薛姨妈是一母所生，是元春和宝玉的生母，在贾府深得贾母的信任，有一定的实权在手中。王夫人平日吃斋念佛，在众人眼里是出了名的大好人，但是在“检抄大观园”的时候，王夫人的举动却表现得极为丑恶。这样一位吃斋念佛的“善人”，曾因怒而害死了金钏和司棋。

如果说金钏因为和宝玉调笑，司棋因为和潘又安的私情而被逐出门外是理所应当，那么王夫人在晴雯身上下如此大的功夫，一心想撵晴雯出门的原因又是什么呢?

在佛教所说的人生众苦中，有“怨憎会苦”之说。怨憎会苦，谓常所怨仇憎恶之人，本求远离，而反集聚。晴雯和王夫人正是本求远离却相聚到一块，真真“不是冤家不聚头”。但是王夫人一向很少关注晴雯，为何突然对晴雯这般不待见呢? 王夫人为撵晴雯走人，做出这般大的举动到底是给谁看的呢?

在封建社会，特别对于大家族而言，女人的地位很大一部分取决于“母凭子贵”之说，所以王夫人是极其疼爱贾宝玉的。如第三十三回中，因金钏跳井之事贾政迁怒于宝玉，一气之下怒打了宝玉。

“王夫人连忙抱住，哭道：‘老爷虽然应当管教儿子，也要看夫妻分上。我如今已将五十岁的人，只有这个孽障，必定苦苦的以他为法，我也不敢深劝。今日越发要他死，岂不是有意绝我！既要勒死他，快拿绳子来先勒死我，再勒死他。我们娘儿们不敢含怨，到底在阴司里得个依靠。’”

在第三回中，林黛玉初次见王夫人，王夫人便告知林黛玉她有一个祸根孽胎的儿子，叫林黛玉不必多去理会。而林黛玉呢，第一次见贾宝玉，就闹出事儿来了。因林黛玉和众人都没有通灵宝玉，只有贾宝玉有，恼了贾宝玉，当场摘下了那命根子似的玉往地上摔。虽然贾母以女儿家不招摇为理由说林黛玉也有玉，才平息了贾宝玉发狂，但这事儿一闹，岂能瞒得过爱子心切的王夫人？

第一次不打紧，类似的事情在宝玉和黛玉之间曾多次发生。第二十九回中，宝玉和黛玉闹别扭，病恹恹的黛玉又是哭又是吐的，气得宝玉只能砸玉。这玉岂是儿戏？它是宝玉出生时嘴里衔着的，很多现象说明宝玉的生死是离不开玉的，似乎是玉在人在，玉丢人亡，宝玉和玉是祸福相依的。如今宝玉却因为黛玉而多次摔玉，王夫人心中难免有些想法，毕竟宝玉是她心头的一块肉。但是黛玉是贾母的外孙女，又深得贾母爱怜，王夫人只能咽下这口气，而黛玉也难免在王夫人心里留下嫌隙。

对于这一次的宝玉摔玉，贾母和王夫人都是心如明镜似的，知道是宝玉、黛玉两人在耍性子，但还是把责任推到袭人和紫鹃两人身上，气得贾母只能说宝玉和黛玉二人“不是冤家不聚头”。按理说以王夫人的地位和智慧，岂是林黛玉这个弱女子可以抗衡的？王夫人不追究林黛玉的责任，难道只是因为林黛玉是贾母的外孙女，是贾母心头肉的缘故吗？在第五十七回中，黛玉的贴身丫鬟紫鹃为试探宝玉对其主人的真情，编了几句谎话，结果宝玉被紫鹃的一席话唬得魂不守舍，痴痴呆呆差点一命呜呼，就此一事王夫人看出了林黛玉在贾宝玉心中的分量。因爱子心切，王夫人也不愿意割爱宝玉心尖上的人，看到儿子为此伤心伤身，便只能隐忍着。但是忍字头上一把刀，因此王夫人在心底“怨”儿子宝玉的痴傻，“憎”林黛玉这个外亲的桀骜不驯以及林黛玉对宝玉的多加刁难和不顺从。

林黛玉，这位有着倾城容貌兼旷世诗才的女子，多愁善感，爱使小性子又体弱多病，让宝玉多次难堪和生气，但是两个人又像是鱼和水那般亲密不可分离。作为主子，有这样的性格，当然没有人敢正面直说，就连王夫人这样的人物都要隐忍几分，更别提他人了，如果换成是丫鬟如此，可想而知会有什么样的后果，但偏偏晴雯正是这样的性格。

伶牙俐齿、刚强不屈、天生一副傲骨的晴雯，是一个不折不扣的据理力争、不阿谀奉承、不趋炎附势之人，偏偏生错了年代和身份。从晴雯撕扇子发泄和大观园反检抄这两个故事中，我们看到了一个不因身份卑微而低三下四，有着铮铮傲骨的强女子。爱憎分明的她敢于直言批评袭人的不是，这一点与林黛玉非常相似。不同的是，一位是小姐，一位是丫鬟。就这一点完全可以区分晴雯和黛玉的资本和后台。王夫人和晴雯正面来往在《红楼梦》中总共三回，却让王夫人大费周章地盘算着把晴雯给撵走，这里面的原因归根是王善保家的在王夫人面前进谗言，指出晴雯妖妖调调不成体统。王夫人极怕宝玉被这种“小蹄子”勾引坏，打算去会一会晴雯，不料见到晴雯钗亸鬓松，衫垂带褪，有春睡捧心之遗风。这不免勾起了王夫人的火儿来。在《红楼梦》第七十四回写道：

王夫人一见他钗亸鬓松，衫垂带褪，有春睡捧心之遗风，而且形容面貌，恰是上月的那人，不觉勾起方才的火来。王夫人原是天真烂漫之人，喜怒出于心臆，不比那些饰辞掩意之人；今既真怒攻心，又勾起往事，便冷笑道："好个美人！真像个病西施了……"

"形容面貌恰是上月的那人"，"那人"是谁？在这里不用多说就知道是林黛玉。"心较比干多一窍，病如西子胜三分"，这"病西施"说的正是林黛玉。捧心西子病态美能不让王夫人上火吗？王夫人不断地用"病西施"、"那轻狂的样儿"、"一年之间病不离身"来痛斥晴雯，这一字一句不正是在背着说林黛玉吗？

刚直不屈、任性傲慢、清高叛逆的晴雯和林黛玉极为相似，王夫人从晴雯身上看到了林黛玉的影子。王夫人这样大费周章地撵晴雯，其实在她内心深处最想撵走的是林黛玉，但是碍于贾母、宝玉这层关系在里面，王夫人对林黛玉只能忍气吞声。

王夫人将对林黛玉的"怨憎"和无可奈何转移到晴雯身上，而且王夫人撵晴雯走的时候，以一年到头病不离身，得了女儿痨为由，完全冤枉因半夜赏月受凉而得了小风寒的晴雯。我们也知道，林黛玉从幼年时便吃药，从未间断，天生的内症使其经受不起一点风寒。而王夫人不断以"病"为由来铲除晴雯，其实背后影射的就是林黛玉，晴雯可以来说是林黛玉的替罪羊。

其实王夫人讨厌林黛玉在二十八回中有着明显的体现：

王夫人又道："既有这个名儿，明儿个就叫人买些来吃。"宝玉道："这些都不中用的。太太给我三百六十两银子，我替妹妹配一料丸药，包管一料不完就好了。"王夫人道："放屁！什么药就这么贵？"

这“放屁”二字，足以见得王夫人动怒不是因为药价，而是由于对林黛玉的不满和嫌弃。

王夫人和林黛玉、晴雯和王夫人可谓是所不爱者而共聚集，因为王夫人过于疼爱儿子贾宝玉，对林黛玉又无可奈何，才会把一切的“怨憎”从林黛玉身上转移到晴雯身上，上演了一出怨憎会苦的悲惨戏剧。

虚空幻境，贾瑞的求不得苦

一提到贾瑞，似乎他给每一位读者的印象都是下流。贾瑞这号人物，如同薛蟠一样，让人非常讨厌，因为他们的所作所为违背了道德观念。但是，当我们细细了解贾瑞的背景后，又发现贾瑞这个角色的人性色彩是比较浓厚的。在道德观念中，我们常常把事物分为正与邪、对与错、善与恶、美与丑、是与非，往往将事物划分为两个极端。但是在这个世间绝大部分事物都存在于人性的中间地带，这个中间地带把那些所谓的正与邪、对与错、善与恶、美与丑、是与非的轮廓消融了，剩下的就是包容。

贾瑞也是可怜之人，父母早亡，只能和祖父贾代儒相依为命。可以想象贾瑞的童年是多么的不幸。贾代儒身上的担子不仅仅是要教育好贾瑞，更要告慰贾瑞双亲的在天之灵，同时也希望贾瑞能够金榜题名光耀门楣。第十二回中就有明白的交代：“那代儒素日教训最严，不许贾瑞多走一步，生怕他在外吃酒赌钱，有误学业。”

说到贾代儒对贾瑞的管教，我不由自主地想到贾宝玉。贾宝玉在大观园时，绝对是脱了缰的马儿，烂漫自由。而到了父亲面前，贾宝玉便低头惧怕，生怕父亲开口论孔孟，还有没完没了的教育和打骂。相对贾瑞而言，贾宝玉是一个幸运儿，因为在贾宝玉的家庭中，虽然有父亲的疾言厉色，但也有贾母等众人的宠爱，而贾瑞没有。

二十来岁的贾瑞，每天面对的就是孔孟之道的书籍，又担负着家业复兴的重任。这些封建的管制一直压抑着他在那个年龄段强烈萌发的各种意识。年少轻狂、精力旺盛是处于那个年龄段的人的特征，贾瑞却偏偏耗上了王熙凤这个要命的主儿。

一边是禁欲的祖父，一边是设套的王熙凤，贾瑞对王熙凤的爱怜可谓是百爪挠心了。而王熙凤为了整治贾瑞，以假言引贾瑞上钩，用欲擒故纵的招数来哄骗单纯愚笨的贾瑞，将他玩弄于股掌之中。

贾瑞第一夜夜会王熙凤，被王熙凤耍得在寒冬的深夜里冻了一夜。当祖父知道后，以封建的暴力教育方式对贾瑞又打又骂，然后又让贾瑞在寒风猎猎的大院里跪着补习功课。可怜的贾瑞一边冻得哆嗦，一边读着道德伦理之书。有些东西往往越是得不到就越是想得到，甚至会不惜一切代价。贾瑞就是这样，面对祖父的体罚却不知悔改的他还敢再找王熙凤，不料又被王熙凤蒙骗，于是又一次在寒冬的夜晚中在外受冻，不仅如此，还被人泼了一身屎尿，并由此一病不起。

贾瑞这病其实病得也挺有意思的，第十二回写道：

那贾瑞此时要命心甚切，无药不吃，只是白花钱，不见效。忽然这日有个跛足道人来化斋，口称专治冤孽之症。贾瑞偏生在内就听见了，直着声叫喊说：“快请进那位菩萨来救我！”一面叫，一面在枕上叩首。众人只得带了那道士进来。贾瑞一把拉住，连叫：“菩萨救我！”那道士叹道：“你这病非药可医。我有个宝贝与你，你天天看时，此命可保矣。”说毕，从褡裢中取出一面镜子来，两面皆可照人，镜把上面錾着“风月宝鉴”四字，递与贾瑞道：“这物出自太虚幻境空灵殿上，警幻仙子所制，专治邪思妄动之症，有济世保生之功。所以带他到世上，单与那些聪明杰俊，风雅王孙等看照。千万不可照正面，只照他的背面，要紧，要紧！三日后吾来收取，管教你好了。”说毕，扬长而去，众人苦留不住。

这病借跛足道人之口指明是冤孽之症，非药物可以医治，常言道“心病还需心药医”，难道贾瑞得病并不是因为深夜在外受冻所致？不是没有这个可能，真正导致贾瑞一病不起的缘故还是贾瑞对王熙凤可望而不可即的情欲苦痛。

在诸苦中，求不得苦最让人锥心，不能如愿、不得所欲的苦痛是众苦的根本。世间一切事物，心所爱乐者，求之而不能得，故为求不得。王熙凤就是贾瑞苦苦追求付出一切所不能得的。所以跛足道人说贾瑞的病非医药可医治，需要用他的“风月宝鉴”才有效，但是唯一的要求就是贾瑞务必要看镜子的反面，不可看镜子的正面。

镜子的功效就是专治邪思妄动之症，有济世保生之功，这镜子不正是病入膏肓的贾瑞所需要的吗？贾瑞按照道人的说法去做，可一看镜子的反面，却是骷髅头，吓得贾瑞骂道人是混帐东西。但是贾瑞偏偏按捺不住自己的好奇心，非得知道个究竟——去照一照镜子的正面。果不其然，正面的镜子里是王熙凤婀娜的身影，在镜子里贾瑞可以看到自己与王熙凤进行男女之爱、周公之礼，自然是欢喜自在。一面是恐惧，贾瑞自然不愿意看到；另一面是和王熙凤一番云雨，自然是弥补了贾瑞欲求不得的缺憾，最终精尽人亡。

在佛教有这么一则故事，云水僧文道久闻慧薰禅师的道风，便跋山涉水到禅师居住的洞窟前。第二天早晨，慧薰禅师早起煮粥，因为洞中没有多余的碗，慧薰禅师便随手从洞外拿了一个骷髅头骨作为碗给文道盛粥，文道疑惑不肯接受。慧薰禅师说：“你无道心，非真正为法而来，你以净秽和憎爱的妄情处事接物，如何能得道呢？”

人活在当局中，善与恶、是与非、得与失、净与秽成为我们衡量事物的标准，真正的面目，不思善、不思恶，不在净、不在秽，僧人文道见到骷髅头如此，平凡人的贾瑞亦是如此。

贾瑞这样一个极其可恨的人，着实是无比的可怜，纵然有道人的救度点化，却也于事无补。贾瑞在镜子正面的所作所为，无不是镜里观花所求不得的折射。从另一个角度来看，贾代儒的家教是多么的不堪。在这个悲剧刑场的人生中，在这种文化时代的背景压制下，贾瑞的人生就是一场虚空幻境，一个因为在现实生活中所求不得而遭遇种种苦难的人，宁愿沉迷于梦幻虚象，也不能做到用镜子来反观自己的内心世界，这是一件多么让人悲悯的事情。然而，我们看清楚这一切之后，或许可以淡淡地一笑，包容地看待贾瑞，或许也可以从其“所求处求不得”的反面教材中得到人生的智慧。

赵姨娘和贾环，可怜之人的怨憎之苦

但凡可怜之人必有可恨之处。《红楼梦》中的每一个负面的角色，曹雪芹都会以一种超然的写作角度去挖掘这个角色的另一面，不管是与非、善与恶，还是正面与负面，曹雪芹都会从“魔”的角度带出“佛”的慈悲。

何为慈悲？慈爱众生并给予众生快乐称为慈；感同身受于众生

的痛苦，怜悯众生，拔除众生之苦称为悲。在《红楼梦》中，最能体现曹雪芹慈悲之心的角色就是贾环和赵姨娘这两母子。

人的划分有很多种，在《红楼梦》中也是如此，比如你可以按照尊卑划分，也可以按照辈分划分，或者也可划分为被重视的人群和被冷落的人群。但是在这种划分的区别下，往往我们会忽略一群人，即被边缘化的人群。

在《红楼梦》的人群中，赵姨娘和贾环母子俩就属于这类人群。他们虽是主子却身如下人，虽是尊贵之身却被别人看低，其实他们已经被边缘化了。虽然他们成了大众读者批评的对象，但是在他们的生活背后，往往被人们忽略了很多。

在封建大家族里，女人地位的尊卑划分中有“母凭子贵”之说。而对于赵姨娘来说，“母凭子贵”之说完全是痴人说梦。赵姨娘是贾政之妾，生了个庶出的儿子贾环，人前人后都不得脸儿，女儿探春又不肯认她这个娘，就连府里的下人都可以和她顶嘴，可见这主子不得势，日子过得比奴才还难受！

在《红楼梦》中，邢夫人曾劝过鸳鸯说：“你过了门，过个一年半载，生个小子，就跟我比肩了。”其实，尽管赵姨娘为贾家添上贾环这个男丁，但是宝玉的存在注定了赵姨娘和她的儿子贾环永无翻身的可能，贾宝玉的嫡出身份永远压着贾环的庶出身份。尽管贾环在贾家有世袭爵位的第二继承人的资格，但是豪门深宅的斗争，把赵姨娘和贾环一步一步推向了命运的深渊。

贾环儿时的成长，心理上一系列的变化完全受到赵姨娘身份的影响。在我们身边，那些备受冷落、被大家忽视的孩子，往往会有一种不自信，和那些养尊处优的孩子完全是天壤之别。贾环的母亲赵姨娘，因自己在人前不得势，或多或少会把一些怨气撒在贾环身上，骂自己的儿子是“下流没脸的东西”、“下流没刚性的”、“没造化的种子，蛆心孽障”。

女人有“母凭子贵”之说，其实儿子也有“子凭母贵”之说。但是在贾环身上，如同她母亲的命运一样，这种说法完全是行不通的。在贾环的心中，他是充满怨恨的。与贾宝玉对比，贾环深切地感受到庶出和嫡出的差别，这种伤害对于贾环而言是永远无法弥补的，所以当贾环看到贾宝玉一回家就扑到母亲王夫人的怀里撒娇时，贾环的内心就生出妒忌和憎恨，这种恨让贾环推倒油灯，试图把贾宝玉烫伤。

第二十回写道：

赵姨娘见他这般，因问：“又是在那里垫了踹窝来了?”一问不答，再问时，贾环便说：“同宝姐姐玩的，莺儿欺负我，赖我的钱。宝玉哥哥撵我来了。”赵姨娘啐道：“谁叫你上高台盘去了？下流没脸的东西！那里玩不得？谁叫你跑了去讨没意思!”正说着，可巧凤姐在窗外过，都听在耳内，便隔窗说道：“大正月，又怎么了？环兄弟小孩子家，一半点儿错了，你只教导他，说这些淡话作什么？凭他怎么去，还有太太老爷管他呢，就大口啐他！他现是主子，不好了，横竖有教导他的人，与你什么相干？环兄弟，出来，跟我玩去。”

在第二十回中，曹雪芹写出了赵姨娘和贾环的卑微。贾环和莺儿下棋，在下棋的过程中，一磊十个钱，贾环头一回赢了，心中十分欢喜，后来接连输了几盘，便有些着急，最后索性赖皮。莺儿口内嘟囔说：“一个作爷的，还赖我们这几个钱，连我也不在眼里。前儿我和宝二爷，他输了那些，也没着急。下剩的钱还是几个小丫头子们一抢，他一笑就罢了。”

从莺儿的嘟囔中我们可以看出，虽然贾环是个主儿，但是这个主儿任哪个丫鬟生气都可发泄在他身上。如果细细品读莺儿的话，确实挺让人寒心的，卑微者的痛苦往往没有几个人能理解，这样的人在这种压抑和无奈的氛围中成了众人远离的对象，甚至还有可能成为大家茶余饭后谈笑的话题。贾环反抗的那一句“我拿什么比宝玉呢！你们怕他，都和他好，都欺负我不是太太养的”，其实也是在为自己卑微的灵魂做辩护。

贾环的各种表现在无形中也衬托了一个人物，就是和贾环同父同母所生的姐姐探春。探春出生之后就由王夫人来抚养，在这个大家族中也算是受大家尊重的人物，就是因为母亲赵姨娘的卑微身份，探春才一直不肯认自己的母亲。按道理来说，在男尊女卑的封建时代，贾环应该比探春长脸一些，但是在这个大家族的斗争中却恰恰相反。也正是因为如此，我们从人性的背后感慨于贾环的生不逢时。

如莺儿所说，作为一个爷，贾环为何会为这点钱而耍赖呢？其实并不是贾环的人品问题，而是周遭环境让他展现不出作为一个爷的阔气。赵姨娘在人前不得脸，作为主人还要干杂活，比如打帘子、搬坐垫之类，这完全是因为身份卑微、月例银子拮据。由此可见，在某些方面主人不得势，日子过得比奴才还要难受。

对于赵姨娘而言，儿子的不争气、女儿的背弃，在众人面前争又争不到，苦也无处诉，只要是个人，几乎都可以在她面前翻鼻子瞪眼儿的，使得赵姨娘的内心世界里充满憎恨。身在名利场中的赵姨娘是不得不争，在这个争斗的过程中，怨憎之心就像一团火一样熊熊燃烧，把赵姨娘的人生推向了烈焰煎熬般的痛苦中。

其实，曹雪芹为了刻画赵姨娘的处境，在贾环身上用了很多笔墨。正所谓母子荣辱一体，贾环的处境也就是赵姨娘的处境，从贾环身上能投射出赵姨娘的痛苦，从赵姨娘的痛苦中能看到贾环的自卑。在第二十五回中，曹雪芹以描写贾环的举动和内心活动为主，使一个卑微者的人生跃然于字里行间。

可巧王夫人见贾环下了学，命他来抄个《金刚咒》唪诵。那贾环正在王夫人炕上坐着，命人点上灯烛，拿腔作势的抄写。一时又叫彩霞倒杯茶来，一时又叫玉钏儿来剪剪蜡花，一时又说金钏儿挡了灯影。众丫鬟们素日厌恶他，都不答理。只有彩霞还和他合的来，倒了一钟茶递与他。因见王夫人和人说话，他便悄悄的向贾环说道："你安些分罢。何苦讨这个厌那个厌的。"贾环道："我也知道了。你别哄我。如今你和宝玉好，把我不答理，我也看出来了。"彩霞咬着嘴唇，向贾环头上戳了一指头，说道："没良心的！狗咬吕洞宾，不识好人心。"

在这里最有意思的四个字就是"拿腔作势"，这是一个极具贬义色彩的词语，但是通过曹雪芹这一系列的描写，这四个字极具佛心禅意。大家族出身的曹雪芹，竟能把卑微者分析得如此透彻，如果没有悲悯之心，是很难将众生的美丑兼容的。我们且看贾环这前前后后的举动，让人点灯，然后又让人倒茶，又让丫鬟剪蜡花，再折腾到说别人挡了灯影。读到这里，可能你会认为贾环是一个很难缠的人，是那种给点甜头就闹腾的小人物。这里需要我们细细地看，才能看出这些卑微者的痛苦之处。

一向对贾环不怎么关注的王夫人为何让贾环抄写经文？这一点值得深思。如果细读就会发现，在贾环和王夫人之间少了宝玉，王夫人才会注意到贾环，才会对其流露出自己的母性。相比贾宝玉而言，王夫人对贾环的母性是微不足道的，但是对于贾环而言，这已经是毕生不可多得的了。在此刻，贾环忽然有了少爷的感觉，填补了他昔日内心情感世界的欠缺，所以贾环按捺不住自己内心的激动，开始摆起了少爷的架子。我想大家都听过“狐假虎威”的故事，而贾环此刻的举动完全是王夫人的母性给助的威。贾环见自己的少爷举动没人答理，于是把气发泄到丫鬟彩霞身上，说：“我也知道了。你别哄我。如今你和宝玉好，把我不答理，我也看出来了。”由此可见贾环的内心世界是多么的卑微。一个卑微者，会时时刻刻在内心世界建立一道墙来自我保护，即使别人对他好，他也会因为不自信而去怀疑。

至于后面贾环为什么会用油灯往宝玉脸上推，我们还需要看宝玉之前的一系列表现。

（宝玉）进门见了王夫人，不过规规矩矩说了几句，便命人除去抹额，脱了袍服，拉了靴子，便一头滚在王夫人怀里。王夫人便用手满身满脸去摩挲抚弄他。宝玉也搬着王夫人的脖子说长说短的。王夫人道：“我的儿，你又吃多了酒，脸上滚热。你还只是揉搓，一会闹上酒来。还不在那里静静的倒一会子呢。”说着，便叫人拿个枕头来。宝玉听说下来，在王夫人身后倒下，又叫彩霞来替他拍着。宝玉便和彩霞说笑，只见彩霞淡淡的不大答理，两眼睛只向贾环处看。

在这里，宝玉与生俱来的少爷架子被描写得活灵活现。首先是命人除去抹额、脱袍服、拉靴子，然后又一头“滚”在了王夫人的怀中。这个“滚”字用得极好，像小孩玩的弹珠一般可爱，这从侧面反映出宝玉和贾环的年龄。贾环见到此情此景，不免触动内心的伤痛。曹雪芹把这一段文字写活了，写出了贾环内心的向往。对于贾环而言，宝玉的这般举动，他也只能在脑海里想想，没想到如今成为现实，但是扮演这个角色的不是自己，而是宝玉。贾环是羡慕宝玉的，但是极度的羡慕会造成妒忌，妒忌的阴霾会让一个人心中生出怨恨，所以此刻的贾环是想报复贾宝玉的，于是就有了后来用蜡油烫伤宝玉的举动。

众生之苦的怨憎会苦，《佛说五王经》云：“世人薄俗，共居爱欲之中，共诤不急之事，更相杀害，遂成大怨，各自相避，隐藏无地，各磨刀错箭挟弓持杖，恐畏相见，会遇迮道相逢，各自张弓澍箭，两刀相向，不知胜负是谁，当尔之时，怖畏无量。”赵姨娘和贾环共居爱欲之中，共诤不急之事，更相杀害，遂成大怨，上演着怨憎会苦的人生悲剧。

第四章 《红楼梦》曹雪芹的佛教包容心态

贾雨村，历史上那些文人的“归隐文化”

一提到文人墨客，许多人就会联想到他们坎坷的人生。记得在儿时，每每学到新唐诗或者文言文，老师就会讲到作者坎坷的人生道路。我曾多次质疑：为什么历史上那些人生道路坎坷的人往往都是做学问的？这个问题其实到现在我还不敢给出肯定的答案。

贾雨村就是这样的一个人物。贾雨村给人的第一印象是非常潦倒的，寄居葫芦庙内的一个穷儒，居无定所，一副穷酸样，给人一种“百无一用是书生”的感觉。曹雪芹描写贾雨村的角度是非常特别的，首先通过甄士隐的梦境带出了这么一号人物，然后从甄士隐府中丫鬟的眼中来描述贾雨村。

《红楼梦》第一回中写道：“那甄家丫鬟掐了花，方欲走时，猛抬头见窗内有人，敝巾旧服，虽是贫窘，然生得腰宽背厚，面阔口方，更兼剑眉星眼，直鼻权腮。”在古代的封建礼仪上，女子和男子之间向来是“授受不亲”，女子更不能和男子私相授受，所以丫鬟看到这里不免急忙转身回避。丫鬟的举动虽然是拘谨的，但内心的活动还是不受约束，“这丫鬟忙转身回避，心下乃想：‘这人生得这样雄壮，却又这样蓝褛，想他定是我家主人常说的什么贾雨村了，每有意帮助周济，只是无甚机会。我家并无这样贫窘亲友，想定是此人无疑了。怪道又说他必非久困之人。’如此想，不免又回头两次。”

曹雪芹通过丫鬟的所见，“敝巾旧服”、“腰宽背厚，面阔口方”、“剑眉星眼”、“直鼻权腮”，使贾雨村的整体形象跃然于纸上，他的相貌、衣着、地位、出身、背景、经济现状、生存方式等，都毫无保留地呈现在读者面前。这样详尽的介绍，仿佛贾雨村就是生活在我们身边的一个人。但是这样还不够，贾雨村想到平生抱负苦未逢时，便感慨道：“玉在椟中求善价，钗于奁内待时飞。”这就将贾雨村理想与抱负表现出来，为后来贾雨村进京求取功名、再整基业埋下伏笔。

其实很多文人的遭遇是值得我们叹息和同情的，如同文中的贾雨村一般。有时候现实往往就是这样，天妒英才，让有一腔热血之人无处实现自己的人生价值，所以很多文人或选择归隐寺院，伴随经书古卷；或归隐田园，过着农桑平民生活；或归隐山林，做一个隐士。

虽然曹雪芹在字里行间未有提及，但是从贾雨村居住的地方来看，对于贾雨村而言，寺院或许也算是一个可让心灵得到慰藉的地方。这样一个“清净”的地方，也是隐居过渡的上好选择。

传统文人对隐居有三种定义：小隐隐于野，中隐隐于市，大隐隐于朝。有些人看破红尘，远离社会，在深山野林中躲避世间的烦恼，这是小隐；有些人不单单是依恋田园生活的宁静，而是在繁华喧闹之地完成自我的沉淀，依然清净无为，这是中隐的境界；而在卧虎藏龙之地依然能处之泰然，救国救民的情怀毫不动摇，才叫真正的大隐，这样的人才能称之为真正的隐士。

大隐类似于禅宗的修行，小乘是不理世俗的一种自我升华和完善的修行，大乘是身居闹市，在世间弘法的扶危济困。然而很多文人是矛盾的，他们既想完成自我升华和完善，又希望自己的一腔抱负在朝野中得到认可，达到扶危济困的人生目标，所以在两者的取舍之间，这些文人的“归隐文化”带着几分半入半出，亦官亦隐，他们徘徊在繁华和清净、隐世和入世之间。

关于隐，唐朝的文人、士大夫跟别的朝代有所不同。在唐朝乃至各朝各代，隐可以说是非常低调的事情，但是一些文人、士大夫的隐特别有意思，他们为了入世才去隐世。唐朝诗人李白就是一位非常有意思的隐士。

李白的隐跟北宋梅妻鹤子的林逋不一样，李白的隐是对世有所不满，想有一番作为而隐，李白的隐过于哗众取宠，他的隐居目的不纯。李白一生曾在很多地方隐居过，如陕西的终南山、河南的嵩山、东山的徂徕山、江西的庐山。既然是隐，李白为什么要如此折腾呢？

其实仕途不平的李白，想利用隐居来博得大众对他的关注，他的隐是唯恐天下不知，直到被玄宗知道后召回入京，李白的隐才显得有“价值”，李白是为了入世，才做出“装腔作势”的隐世动作。

类似李白这样的隐，有一个非常有名的典故——终南捷径。唐代卢藏隐居在终南山，然后大众人云亦云终南山有一位很厉害的人，最后口口相传传到皇帝耳朵里，于是将他召回京中为朝做官。真正的隐士是不轻易出世的，朝廷一请便出，这不是真正的隐。

魏晋以来，历史上有不计其数的文人隐居，这些人前仆后继地走上了归隐田园的道路。他们在这个环境中参透世间烦恼，能够跳出尘世得到解脱，可以说是一件非常幸运的事情。但这其中，有躲避战乱、躲避朝廷暴政等各种缘由，想想这些有用之人却无用武之地，是多么可惜可悲的事情。从另一个角来说，他们的隐又何尝不是一种苦衷呢？

然而曹雪芹在第一回这样大手笔地介绍贾雨村的背景，且不论该角色后续的发展，绝大部分饱含了作者对自己的人生遭遇和对文人的怜悯和包容。“满纸荒唐言，一把辛酸泪”这句话就像是一面镜子一样，写出了历代文人对仕途不顺的感慨，是真的隐世也好，是依旧孜孜不倦地追求仕途成就也罢，曹雪芹通过贾雨村这个形象，将文人踌躇满志的内心世界表现得淋漓尽致。

《红楼梦》那些隐藏的佛教人性包容

从《红楼梦》第二回冷子兴的言语中，我们得知了宝玉周岁抓阄的趣事，宝玉周岁时其父贾政“便将那世上所有之物件，摆了无数与他抓取”，没想到周岁的宝玉抓的竟然是远处的脂粉钗环，不禁让父亲贾政勃然大怒，觉得儿子必不成大器，是酒色之徒。从宝玉抓阄我们就能看出他一生的命运将是如何。在小说的第二回，贾雨村和冷子兴谈论贾宝玉的时候，冷子兴说贾宝玉是个奇怪的人，将来是色鬼无疑了。面对冷子兴的这般点评，贾雨村的言语更加让人惊叹：“非也！可惜你们不知道这人来历。大约政老前辈也错以淫魔色鬼看待了。若非多读书识事，加以致知格物之功，悟道参玄之力，不能知也。”

贾宝玉的行为一般人站在传统的道德观念中都会觉得他是淫魔色鬼，然而曹雪芹借助贾雨村之口，以佛教的包容心态对儒家的善恶是非的价值观提出了不同的看法，整本书也只有贾雨村这么一个男性的角色站出来为贾宝玉辩护。

贾雨村提出“天地生人，除大仁、大恶两种，余者皆无大异”。

这世间上也大概有两种人，一种是应运而生，一种是应劫而生。同时他也罗列出尧、舜、禹、汤、文、武、周、召、孔、孟、董、韩、周、程、张、朱，这些人物都是道德宣扬者，他们的道德境界，似乎总是可望而不可即。比如大禹治水三过家门而不入，这样的道德模范架构出一个让你瞻仰的角度，让你永远觉得他们是圣人，这些人都是应运而生的。此外，他还罗列出蚩尤、共工、桀、纣、始皇、王莽、曹操、桓温、安禄山、秦桧等，这些人都是应劫而生、遭道德所唾弃的人。

儒家的道德文化观念就是把善与恶、是与非规定得死死的。然而《红楼梦》不是这样。在曹雪芹的笔下，任何一个角色都会被赋予生存的空间。他把外在的那个“我”，和内心世界的那个“我”在字里行间表露无遗，如同贾瑞和薛蟠，外在的“他”（大众对他们的点评）和内在的“他”（他们内心世界的渴求）呈现出不同的面貌。无关人事道德，无关文化背景，曹雪芹以众生百相、慈悲人生、情仇爱恨、包容和担待的心态去诠释这些人的存在。

曾经在某本杂志上看到这样一篇文章——《其实你并不想杀人》，讲述了一个公司的职员因一次失误杀了人，内心长期的阴霾让他心理开始扭曲，之后又杀了一个人。在一次受老板的儿子歧视和侮辱后，这位职员用水果刀将老板的儿子劫持，警方多方周旋都没有办法，结果一个记者就语重心长地和他聊天。在聊天的过程中记者说了一句话：“其实你并不想杀人！”顿时让这个职员放下了水果刀服从了法律的制裁。

其实在我们每个人的内心世界，都曾经有一块净土不曾被人发觉，即使被人发觉也渴求受人尊重。就像这个杀人犯，因失误杀人导致心理扭曲，继而越陷越深，而记者的一句话唤醒了他的内心世界里属于人性本质的真善美，使他回归了人性的本质，最终让他放下了屠刀。

在这里，如果从法律的角度去判断，这个人做出了影响社会安定的违法的事情；如果用儒家的标准来评判善与恶、是与非，也可以否定这个人的人格。但是记者用佛家包容的心态去诠释他、理解他，以内心的真善美去唤醒他，让他认识到本我。与其用善恶去否定一个人，不如抛却外在的因素去了解一个真正属于心的本性。因为人们往往徘徊在对善的追求和对恶的唾弃两者之间，这时如果我们贸然去判断一个人，那么就可能永远无法了解人性的本质和本色。

《红楼梦》的作者就是一位呼唤出人性本质——真善美的作家。他通过贾雨村的言语将我们经常忽略的人物都罗列出来，将这些真性情的人一一呈现在我们面前，曹雪芹用佛教的包容心态去诠释这些人的真我，讲述人性的真善美。

看《红楼梦》，如果你不放下自我，就很难在书中找到本我和自我的存在，更谈不上人性深处的真善美。如果你能以空杯心态去阅读《红楼梦》，你就会发现在《红楼梦》中有两个世界，一个是儒家“敬”的世界，一个是佛家“净”的世界。

贾宝玉，每个人内心的底色

在《红楼梦》的儒家世界和佛教世界中，儒家的世界总是跃然于人情练达之上；佛家世界却是潜移默化地渗透在每个角落，等待有缘人的领悟。比如贾政、贾雨村、薛宝钗、贾代儒这些人，永远都是儒家世界的人；而贾宝玉、林黛玉、贾环、贾瑞等人则活在不为人理解的佛家世界，但又不得不被儒家的世界所牵制。

贾政和贾宝玉是父子关系。贾政虽为人谦卑正直，却失之于迂腐，他在孝敬贾母的同时，也扮演着一个极其严厉的父亲角色。然而，这个人却是封建时代正统主义的悲剧人物，他既是悲剧的制造者，也是悲剧的受害者。而贾宝玉在父亲的批评和臭骂中永远都是“畜生”、“该死的奴才”。贾宝玉一看《西厢记》就能倒背如流，面对“四书”、“五经”，却不管父亲如何打骂责罚，永远都背不出来；听到薛宝钗劝说好好学习经济仕途的学问将来好做官，立马和薛宝钗翻脸，并说林妹妹从来不说这些混账话。在封建道德理念中，贾宝玉竟然叛逆地认为“四书”、“五经”等经济仕途的学问是混账话，放在今天也很难让人理解。

我们或许会经常听到家长无奈于孩子对补习班的抗议、对网络游戏的沉迷。家长们永远都不懂网络游戏的好玩之处，对孩子的举动也感到费解，在我身边曾经发生过这样一件事情。

朋友有一个六岁的儿子，是极其调皮淘气的小家伙，只要一提到学习或他不感兴趣的事情，他就能拖则拖；如果提到游戏，他就非常兴奋，只要一得空，就窝在电脑前打游戏。爸妈对他的举动极其反对却又无奈，虽然经常阻止他玩电脑，但只要稍不留神，这小家伙就会拿起手机下载手机游戏，继续开始游戏。不管爸妈电脑如何设置开机密码或藏匿手机，用尽一切方法去阻拦，他都会找到相应的解决办法。有一次，小家伙的妈妈在客厅多次唤他出来吃饭，都不见出来，最后妈妈索性进了书房关了电脑，不料发现儿子尿裤子了。一阵惊讶后，妈妈问小家伙怎么尿裤子了，小家伙说：“我是很想去厕所尿尿，但是我还没有杀光敌人，也不知道怎么尿到裤子上去了！”

孩子这样的举动对于我们大人来说是多么的荒谬，站在大人的角度，我们无法理解孩子对游戏的痴迷竟然能达到自己尿裤子都不知道的地步。在孩子们的世界中，好像容不下半点关于大人们的东西。如果大人们一味地强制侵犯他们的世界，他们会竭尽全力地捍卫自己的领土，这就是他们性情的本质，正如贾宝玉的种种反抗。贾宝玉也有自己的青春世界，父亲贾政永远是那个开口论孔孟的“高人”。如果借他几分胆，贾宝玉很有可能像骂薛宝钗那样去责骂父亲是“混账人”，因为贾宝玉终究还是个孩子，是一个十几岁的孩子，是一个喜欢在“姐姐”、“妹妹”的呼唤声中欢声笑语的孩子，所以你不能骂贾宝玉是一个不求上进的无能庸才，因为类似于他这样的孩子，永远不是和我们大人在一个世界。我曾经上过这样一堂心理课，教授拿出两张照片：第一张照片是一个小孩在哭，但是他手中拿着自己在笑的照片；第二张照片是一个大人在笑，但是他手中拿着自己在哭的照片。这两张照片说明了大人和小孩内心底色是不同的，所以曹雪芹在描写儒家和佛家两个世界的时候，将每个人显性的颜色和内心隐性的本色通过不同的人物、环境和文化表现出来。儒家的世界摆明了所谓的道德真理，佛家将明心见性的包容隐藏在字里行间和人情练达之中。就如贾雨村和甄士隐这两个角色，前者永远徘徊在儒家世界的是非黑白之中，成为悲剧者；后者将得乐佛家世界的大喜大自在，成为逍遥者。《红楼梦》就是通过这样的手笔让你放下左右牵绊的自我，只有放空了自己，才能包容他人。

贾环，佛说智者平等看万物

《佛说诸法勇王经》云：“若有能平等。观察一切法。如是等人辈。是则名智者。”大概意思是，一个人如果能以平等之心观察世间诸法，那么这个人就是一个有智慧的人，愚者往往持己见分别诸法执为真实，而智者能离分别、能见法之真实。

其实在《红楼梦》中，人物的好坏、喜悲都是由我们的分别心辨别出来的，然后任意点评述说，批评责骂。在这里我不是批评大家用愚者的眼光看待问题，而是向大家分享曹雪芹在创作每一个角色的时候，都能赋予每个生命一个精彩的故事，让这个有故事的生命独立去完成一个主题，这个主题就是包容和慈悲。

我们在分析每个生命主题的时候，通常都会在别人的故事里看到自己的经历，从而认为这个故事或者这个角色是一个很适合自己的典故。在众多典故之中，贾环这号人物就是一个让读者持己见来分别的角色。

贾环这个人是非常有意思的，他给人的印象永远都是畏畏缩缩的，完全是个不入流的主儿，他和异母同父的哥哥贾宝玉比起来，完全是天壤之别。贾宝玉是众人的掌上宝，贾环却落了个招人厌的形象。按理说，贾环在贾家也是正经主子，即便是庶出，但因为和贾政的这层父子关系，也能顺理成章地成为世袭爵位的第二继承人。但他为何却被众人排斥，甚至下人都可以欺凌到他的头上呢？

在封建大家族里，嫡庶尊卑有别，宗法规矩、长幼亲疏远近都像是刻在碑上的字一样，深深地植入每个人的观念中。同时，因为贾环的存在对贾宝玉继承家业有着潜在的威胁，故王氏姑侄处处贬抑贾环。在这样一个充满三六九等、嫡出庶出、亲疏远近、年长年幼的等级制度和宗法制度禁锢的环境中成长，贾环心理扭曲，性格畸形，人格发展悖于常理。

我们现在生活的环境，很难理解嫡出和庶出的差别，很难明白在这样的大家族里，母凭子贵和子凭母贵是多么重要。对于贾环这样一个十几岁的小男孩而言，不管是母凭子贵，还是子凭母贵，在这种封建势力中永远都无法翻身，因为他人生的这个坎儿就是“卑微”二字，在这个大家族中分别之心永远上演着一个家族中人性的悲剧。

在《红楼梦》第二十二回中，元妃派宫中的太监送谜语到荣府让大家猜，荣府的小姐少爷们都编了谜语让太监带回宫中。当天晚上，元妃派太监把奖品颁赐给大家，唯独迎春和贾环没有得到，不仅如此，元妃还批评贾环的谜语根本不通，猜都没有猜，让贾环十分难堪。

贾环的谜语是非常有意思的：“大哥有角只八个，二哥有角只两根。大哥只在床上坐，二哥爱在房上蹲。”据贾环说，谜底一个是枕头，一个是房脊上的兽头，我们从谜语的字里行间来看，确实很符合贾环的性格。“大哥”、“二哥”的字眼无不透着市井俚俗的味道，但若能用平等的眼光，抛弃之前的成见，贾环的这个谜语就能让人体会到这个十几岁少年内心世界的人情冷暖。

“大哥有角只八个，二哥有角只两根”，不管是现在还是以前，中国老式的枕头都有八个角之说，很多场合我们都能看到房脊上的兽头是有两个角的；“大哥只在床上坐，二哥爱在房上蹲”，原本是两个互不关联的物件，却被贾环“沾亲带故”地写为大哥和二哥的关系。房里坐的是大哥，房外蹲的是二哥，这不正是贾宝玉和贾环的生活写照吗？贾宝玉就是温室里的枕头，无论他喜怒哀乐，家族的人都会围着他转，享尽了家族的人情温暖；贾环却饱受他人的排斥和鄙视，作为一个“主子”，一饮一啄几乎都被忽略，就像是房脊上的兽头，风吹日晒无人问津。

这样的一个谜语，被和贾宝玉一母所生的姐姐元妃批评得一文不值，不得不说正是人情的分别让贾环饱受如此的打击。贾环的形象，是曹雪芹内心对封建宗法的颠覆，我们从字里行间可以看出曹雪芹在自己的内心深处，以慈悲之心为贾环争取一个生命的诉求空间，向读者呼吁在世事洞明、人情练达之上需有佛性的包容和慈悲的心态。

每个人都有存在的理由，知心则知众法

我们细看曹雪芹的《红楼梦》，每个人物的善与恶、是与非之间，总是隐藏着一股力量。这种力量会赋予每位读者不同的心境和情怀，这种情怀或喜或悲，或憎或怒，或爱或恨，千丝万缕地交织在一起，只有细细地品味、静静地反思，才能知道在每个人物的背后，都有一种值得我们慈悲包容的美，这成为《红楼梦》中一道亮丽的风景线。

曹雪芹借助贾雨村之口，不仅提出了应运而生和应劫而生的两种人，同时也为这些人向大众作一个慈悲的道歉，为他们的人生再次描上一笔，所以贾雨村之后又列举一些颠覆性的人物：

若生于富贵公侯之家，则为情痴情种；若生于诗书清贫之族，则为逸士高人；纵再偶生于薄祚寒门，断不能为走卒健仆，甘遭庸

人驱制驾驭，必为奇优名娼。如前代之许由、陶潜、阮籍、嵇康、刘伶、王谢二族、顾虎头、陈后主、唐明皇、宋徽宗、刘庭芝、温飞卿、米南宫、石曼卿、柳耆卿、秦少游，近日之倪云林、唐伯虎、祝枝山，再如李龟年、黄幡绰、敬新磨、卓文君、红拂、薛涛、崔莺、朝云之流：此皆易地则同之也。

曹雪芹特意把这些人带出来，让我们通过不同的人来反思自己，用他们背后的故事来敲醒我们内心深处对美和宽容的向往。

看到贾雨村罗列出来的这些人，我忽然想到了一则佛教的大德故事。一天晚上，七里禅师正在诵经，突然一个强盗破门而入，用刀挟持七里禅师说："快拿钱出来，否则就要你的命！"七里禅师看着这个年轻的强盗说："请你不要打扰我诵经，钱就在抽屉里，只不过明天我要交税款，请不要把钱全部拿光！"

这个强盗依言留下了一点钱，准备离开的时候，七里禅师说："年轻人，你收了别人的礼物，为什么不说声'谢谢'？"最终那个强盗致谢后走人了。不久，强盗被抓落网，在招认自己罪行的时候，交代了自己所盗的人家，包括七里禅师。当七里禅师被叫来对质时，他说："别人我不敢言，但我是自己把钱送给他的，他也已经谢过我了！"这个强盗最终还是被判刑。刑满释放后，他立即前来叩见七里禅师，请求收他为徒。

其实我们每个人都有强盗的一面，那就是无知与罪过；同时也有七里禅师的一面，那就是内心深处的慈悲与包容。曹雪芹就是用这样的两面来向大家展现佛教的文学美。

曹雪芹列出来的帝王人物有陈后主、宋徽宗等。提到这些人，我们脑海里第一印象就是，这些人全是亡国主。特别是陈后主，国家即将灭亡时，他还认为与自己毫不相干，在宫廷里做金色莲花，让舞女在莲花上跳舞。

历史的舆论从来不会给这些人留下半点慈悲的空间，而是给他们的生命扣上了一顶顶罪孽的帽子，将他们打入十八层地狱，永世不得翻身。现在想想还是非常可怕的，但是又不由得替他们感到无奈和惋惜。在历史上这么多败国的帝王中，我为宋徽宗感到可惜。他是亡国之君，但是按照常理来说本来他是做不上皇帝的，但是他身边的那些人都死了，所以轮到他做皇帝。他是一个不折不扣的艺术家，书画方面颇有造诣，同时在文化上也极具贡献。他是历史上第一位把皇家的收藏编出目录，整理成一个系列，然后传给下一代的皇帝。在那个年代，宋徽宗这样的收藏观念是非常前卫的，他还把艺术引进翰林院，鼓励绘画艺术的发展。可这样的一个艺术才子偏偏坐上了龙椅，后来又成了亡国之君，他在历史上这一笔是受批判的，于是连同他的艺术也受到了批判和排斥。这样的一个人物，正是因为放错了位置，才成了千古罪人。有时候想想，到底是宋徽宗的错，还是这个社会看待事物观点的错？而曹雪芹借助贾雨村之口，把宋徽宗罗列在《红楼梦》中，极具说服力和可读性，他将宋徽宗这个既不是大仁大义，又不是大恶大恨，只是因为政治的失败受到批判的人写在了文字里，完全流露出人性的真善美。曹雪芹不为宋徽宗维权，却让读者读出了宋徽宗的可取之处，这就是佛教包容和慈悲的魅力。

就像一瓶可乐，如果放在超市或者便利店，价钱顶多就是几块钱；如果放在五星级宾馆，价钱则可能升到几十块钱。如此天壤之别的差价，无非就是摆放的位置。可见位置非常的重要。宋徽宗就是因为被放在错误的位置，才成为政坛上的千古罪人，然后那些开口论孔孟的文人骚客人云亦云，更将这个极具传奇性的人物的人性本质给模糊了，同时也将他的艺术成就否定了。

接着，曹雪芹又举了唐明皇的例子。这个皇帝更有意思，唐明皇统治的前期，“开元盛世”是历史上极具分量的一个片段。然而，五十岁后的唐明皇遇到了美女杨玉环，几乎爱得快要发狂，他和杨玉环开始了一段不为世人所认可的旷世情缘，后来唐明皇把国家治理得一塌糊涂。从《长恨歌》的“七月七日长生殿，夜半无人私语时。在天愿作比翼鸟，在地愿为连理枝”，我们可以看到一位帝王内心的渴求和平凡。唐明皇是政坛上的佼佼者，就是因为与杨玉环的邂逅，让自己的国家走向颓废，而他也成为因战争让百姓家破人亡、妻离子散的千古罪人。有时候想想，万人之上的帝王竟然连自己的一场恋爱都不能自主，是一件多么可悲的事情!

如果他不是皇帝，在他人生的晚期遇上杨玉环，可以说是一段佳话。然而，因为他是皇帝，没有治理好国家，因此被认为好色昏庸，不管之前的“开元盛世”是如何的鼎盛，舆论总是站在成败的角度来衡量一个人存在的价值。

曹雪芹把宋徽宗和唐明皇的真性情给罗列出来了，对他们的人生带着几分包容和慈悲心态，在指出他们的过失的同时，也看到了他们的闪光点。可以说，曹雪芹是一位知心的艺术家，他笔下雕刻的每一个人，既有其空间感，也有其立体感，他完全能做到了解每个人物心的行相体用。如《胜天王般若波罗蜜经》所云：“一切法中，心为上首。若善知心，悉解众法。”

万法唯识，知心识者，即知万法，这就是《红楼梦》给大家带来的包容心态。《红楼梦》让佛教的文学美在每位读者的内心深处流淌，启发每一位读者追求人性本初的善良。

贾宝玉的包容与慈悲

《红楼梦》读久了，会让你觉得自卑。如果人有自卑之心，便会心生忏悔。其实在这个世间，最可怕的不是造孽，而是不懂得忏悔。

接下来我们要讲关于包容与慈悲的故事，故事就发生在十几岁的贾宝玉身上。

宝玉在一次聚会中认识了一位戏子——蒋玉菡，几次交往遂成朋友。宝玉与蒋玉菡两人之间有比较密切的私交，谁料蒋玉菡也是忠顺王府中王爷的心头爱。忠顺王府得知蒋玉菡在贾府，便来贾府寻人……因一个戏子惹出了一段大家门户的笑话。俗语说得好，“福无双至，祸不单行”，前一阵风波还未平息，后一件事又接踵而至了。一次，宝玉在王夫人身边和金钏说话，不料被午睡的王夫人听到，便要撵金钏出去，金钏羞愤难当，一口气没有提上来便投井自杀了。碰巧忠顺王府这时又上门要人，贾政听说丫头自杀，便问起此事。贾环乘机背地使坏，一口咬定宝玉逼死金钏。贾政气急败坏，以光宗耀祖为训，让小厮找来宝玉。一见宝玉，贾政恨铁不成钢，再加上这两件事情一同发生，便将宝玉一顿毒打。

《红楼梦》在这讲了兄弟之间挑拨的故事。或许在我们的童年就会遇到这样的事情，为了某一件事情，挑拨父母打哥哥姐姐或弟弟妹妹。这些都是小孩子过家家的把戏罢了，曹雪芹却写得如此有生命力。

宝玉挨打后，接下来就有一帮人来看他了。

（宝玉）想着，只听宝钗问袭人道：“怎么好好的动了气，就打起来了?”袭人便把焙茗的话说了出来。宝玉原来还不知道贾环的话，见袭人说出，方才知道。因又拉上薛蟠，惟恐宝钗沉心，忙又止住袭人道:“薛大哥哥从来不这样的，你们别混猜度。”宝钗听说，便知宝玉是怕他多心，用话相拦袭人，因心中暗暗想道:“打的这个形象，疼还顾不过来，还是这样细心，怕得罪了人，可见在我们身上也算是用心了……”

在宝玉身上，我们瞬间发现了一种人性少有的包容，那就是佛性的慈悲。如果换成是你，被身边的人打了之后，得知是某人的挑唆引起的，你会有什么样的举动?大骂、诅咒，还是满心的怨恨?贾宝玉不但不起嗔恨，反而怕丫鬟袭人的一番话会让薛宝钗为哥哥的举动感到难堪，并在一旁辩解“薛大哥哥从来不这样的，你们别混猜度”。我经常说贾宝玉是菩萨的化身，因为在贾宝玉的身上我们看到了大慈与大悲。父亲的毒打让贾宝玉皮开肉绽，在感受身体上的痛苦之时，贾宝玉还能为他人辩解，确实是常人做不到的。贾宝玉的这个举动感动了薛宝钗，薛宝钗在心里暗暗地赞叹贾宝玉被打成这样，还如此设身处地为他人着想，确实难能可贵。

“不俗即仙骨，多情乃佛心。”在贾宝玉的身上，我们看到了慈悲有情、利乐众生的佛心，这让我想到《佛遗教经》的一句经典:“若有人来，节节支解。当自摄心，无令嗔恨。亦当护口，勿出恶言。”

第五章 《红楼梦》的佛教因果和善恶报应

《涅槃经》讲："业有三报：一现报，现作善恶之报，现受苦乐之报；二生报，或前生作业今生报，或今生作业来生报；三速报，眼前作业，目下受报。"在这里，所谓的因果报应的三种形式即现报、生报、速报。

这三种因果报应的形式是不同的状态。现报，是今世的造业今世得报，只不过是今世所得的果报时间早晚不同而已，有的人是早年就得到果报，有的人是中年，也有的人是晚年；生报，就是前生造业今生报，今生造业下世报，而这种造业，分善业和恶业；速报，造业的报应来得很快，比如刚做完某件事情果报就来了，这种报应不仅仅是恶报，善报也是如此。

王熙凤、巧姐和刘姥姥，因果的现世报

佛教的因果报应，如同世间的善恶报应一样，"善有善报，恶有恶报，不是不报，时辰未到"。不管是世间的善恶报应，还是佛教的因果报应，都强调了事物之间存在的普遍关联，这种合理的逻辑具有深刻的内涵，它能让在因果善恶之间迷失自我的人们反思其所做所为，也能通过因果善恶的教育让人们明白彻悟。

大凡读过《红楼梦》的读者都不难发现，这本文学巅峰之作竟然从头到尾都是在讲因果和善恶的。在《飞鸟各投林》的曲子中，

曹雪芹对因果善恶的探索层次，达到了一个全新的升华：

为官的，家业凋零；富贵的，金银散尽；有恩的，死里逃生；无情的，分明报应；欠命的，命已还；欠泪的，泪已尽。冤冤相报实非轻，分离聚合皆前定。欲知命短问前生，老来富贵也真侥幸。看破的，遁入空门；痴迷的，枉送了性命。好一似食尽鸟投林，落了片白茫茫大地真干净！

《红楼梦》中五百多号人物，从佛教的角度来分析，各人的命运有共业也有不共业。在《红楼梦》错综复杂的故事架构中，曹雪芹巧妙地阐述了因果不虚、报应不爽的规律，而通篇看来，书中人物命运的好坏都是以佛教的因果报应作为铺垫，以此来教诲和警策世人。

在《红楼梦》中，最让人看到人情味的地方就是王熙凤对刘姥姥经济上的救助，而在因果上，我们能感到欣慰的地方就是在大观园败落的时候，刘姥姥能够挺身而出解救巧姐。

芥豆之微的刘姥姥，因为膝下无子，帮衬着女儿女婿过日子。这样的一个人物曾三进荣国府，成了《红楼梦》中精彩的片段。刘姥姥这样一位极具美学艺术的形象，深受广大读者喜爱，同时我们也能从她身上受到些许的感动。对于荣国府里所有的人来说，刘姥姥充其量就是一个喜剧演员，供贾母等人排遣取笑。从中我们也看到刘姥姥内心的强大和善良。

王熙凤的出现，体现了刘姥姥存在的价值。刘姥姥代表着一种慈悲和善良，她是菩萨的化身，但是她的形象是极具颠覆性的，她的出场带着几分小丑的形象。这样的一个文学艺术形象，不由得让我们想起邋遢醉酒的济公、八仙中的铁拐李、《红楼梦》里的癞头和尚和跛足道人。这些人物形象都是极具颠覆性的，同时又是极具传奇色彩的。而曹雪芹塑造刘姥姥这个角色，不仅给王熙凤的人生一个交代，同时也给因果报应一个最具说服力的案例。

王熙凤，明里是一团火，背地里是一把刀，她是这个大家族一位响当当的管理者，她的心机谋略可以说没有人不畏惧。这个女人不是一般的刁钻毒辣。她给予明饵，设下圈套，让垂涎她美色的贾瑞害相思病致死；受铁槛寺老尼净虚之托帮长安府太爷的小舅子抢亲，结果迫使一对有情人双双自尽；指使秋桐羞辱尤二姐，让尤二姐含羞吞金而死……这一系列事件，可以看出王熙凤是一个无恶不作之人。

曹雪芹笔下的人物，没有绝对，更没有单一。一题两面，是非难辨，在善良与恶毒之间，曹雪芹架起了一座桥梁，还原了生命的本质，这个本质就是慈悲。在《红楼梦》里能够激起王熙凤恻隐之心的人只有刘姥姥，刘姥姥让王熙凤的生命有了完美的答卷。刘姥姥第一次进荣国府的时候，虽然王熙凤的态度不冷不热，但是在刘姥姥最拮据的时刻，王熙凤还是伸出了援助之手，给予刘姥姥经济上的帮助。刘姥姥第二次进荣国府，深得贾母的欢喜，王熙凤就推波助澜讨贾母欢心，让刘姥姥成为大家取笑的开心果。然而，王熙凤的善恶报应和人生最后的价值，最终还是由刘姥姥和巧姐之间的因缘来体现。

巧姐是王熙凤和贾琏之女，生在七月初七，娇贵多病，刘姥姥为其起名巧姐。书中判词云："势败休云贵，家亡莫论亲。偶因济刘氏，巧得遇恩人。"在贾府败落之后，巧姐被"狠舅奸兄"卖入青楼之地，最终是刘姥姥几经波折救出。

当刘姥姥三进荣国府的时候，贾府已被抄家，曾引荐她的王熙凤此刻已经落到“力诎生人怨”的地步，之前被她设计害过的人现在都来报复她了。王熙凤在众叛亲离极为狼狈之际，把巧姐托付给刘姥姥。

刘姥姥是善良的，凭刘姥姥的智慧，完全可以看出当初王熙凤对她的救济带着几分的讥讽和施舍。但是此刻刘姥姥并没有落井下石，而是拼尽了全力，斗智斗勇地将巧姐从青楼赎救出来。无恶不作的王熙凤，就是因为这一点点的恻隐之心换取了女儿一生的平安，这也是《红楼梦》中王熙凤唯一做的一份善事所得的善报。王熙凤在家族的败落之后已经尝到了作恶的后果，唯独对刘姥姥曾经的施舍得到了善报，这让我们从王熙凤人生的绝望处看到了来自善良本质的希望。刘姥姥和王熙凤的故事是一则很有寓意的故事。

“机关算尽太聪明，反误了卿卿性命。”王熙凤在因果报应这一关上，可谓是尝尽了善恶之果的滋味，有时候因果这东西可以让人分明，有时候却让人迷糊。

关于因果，我倒想起了一则很发人深思的故事。和尚和屠夫是好朋友，和尚每天早上起来要念经，屠夫每天早上起来要杀猪。他们为了各不耽误对方的本职工作，便约定早上互相唤对方起床，这个举动直到和尚和屠夫老死。死后屠夫上了天堂，和尚却下了地狱。

故事的结局很令人诧异。按理说，修行的和尚应是上天堂的，为什么反倒背负着下地狱的恶果呢？反之，屠夫杀生一世，满手血腥，为什么却上了天堂？原因是故事里的屠夫每天在做善事，天天叫和尚早起念经超度众生，而和尚每天在造孽，叫屠夫起来杀生。这么一个简单的道理犹如当头棒喝，让人如醍醐灌顶。在《红楼梦》中，王熙凤第一次对刘姥姥的救济，虽然带着几分打发的心态，但她也在刘姥姥拮据之际伸出援助之手，这雪中送炭的情谊终是叫人难忘的。因果这东西会告诉你“勿以善小而不为，勿以恶小而为之”。种善果也需要智慧，善事做错了，就是好心办坏事。有时候，“因”的善恶是没有定义的，但需要我们理智地分析事情的利弊。王熙凤对刘姥姥的行善巧就巧在一个“拙”字，王熙凤的例子就是因果现世报最好的体现。

宝玉和黛玉，“还泪”的生报哲学

因果报应的观念是佛教基本的教义，对中国人产生了极大的影响。它是在佛教十二缘起论基础上形成的。十二缘起论讲述的是十二缘起的因果关系。东晋高僧慧远从中国有关因果报应的传统观念中提出了“三报论”的思想，人有三报、业有三报、生有三报。“三报论”的基本思想框架就是人有三业，性质不同的三业各有报业。报应的三种体现即现报、生报和后报，而人有前世、今生和来世，简单说就是“三生”和“三世”。

传说梁武帝的前生本是一条蛐蟮，生活在千佛寺大通禅师关房附近的一口井里面，因常听禅师们诵读《法华经》而颇具灵性。一次它因小沙弥无意伤害而丧命，转为人道，并且能将《法华经》倒背如流，下一世即转世为历史上有名的信奉佛教的梁武帝。有一次，他召见桀头和尚，当侍卫报告和尚已在门外等候的时候，正逢梁武帝在下棋，无意中在棋局上连说了三次“杀了他吧”，结果和尚死于无辜。和尚临刑前说：“前劫我为小沙弥的时候，准备去锄草，不想误伤了一条蛐蟮的性命，那世的那条蛐蟮就是梁武帝，今生偿命与他，是理所应当的！”在明代兴起的白话短篇小说的拟话本中也能看到很多关于因果之谈的案例，而这则故事就是出自于《梁武帝累修归极乐》，讲述了梁武帝“三生”的故事，揭示了因果报应的毫发不爽，同时我们也可以看到因果报应渗透到我们生活的每一个角落。

《红楼梦》就是在因果报应这个框架上展开了很多有关因果的故事。“满纸荒唐言，一把辛酸泪！都云作者痴，谁解其中味?”曹雪芹就是在这个“痴”字上展开了因果衔环的过程。

我们都知道，曹雪芹刻画的林黛玉这个角色好像一直在哭，宝玉对她好她也哭，宝玉对别人好她也哭，别人夸宝玉她也哭，林黛玉的哭让人没有办法理解，或许你还会认为这样的人心理有问题。但是《红楼梦》却不是这样写的，作者用每个人背后的故事来展开一段生命的精彩瞬间，这就是《红楼梦》的高明之处，它永远会让你觉得这本书包容了一切，让你的视野放宽放大。

故事是这么开始的。在通灵河岸边上，有一株绛珠草。正当这株草快要干枯而死时，赤瑕宫的神瑛侍者每天以甘露灌溉，让这株草的生命得以延续，最后这株草吸取日月精华，也修炼成人身，而且是个女儿身。一天，神瑛侍者思凡了，爱慕人间的繁华，要去走一遭，这株草幻化成的女子说她也要去，因为受了神瑛侍者的灌溉之恩，却没有水来偿还他，只能下凡陪他走一遭，用自己一生的泪水偿还他的恩情。

这种缠绵不断的因缘，建立在这个“还”的基础上，也是对“痴”的诠释。曹雪芹通过这种禅文学和禅美学创造了一个全新的因果报应的框架，和传统的禅文化、文学阐述的因果有很大的区别。

在《红楼梦》中，我们知道贾宝玉的前世是神瑛侍者，林黛玉的前世是绛珠草，他们两人有着前世的情缘，在今生百般纠缠的缘分中，赋予了道教文学中最为常见的谪世与回归的基本架构，我们给其定义为“双嫡”。同为四大名著之一的《西游记》中也有类似这样的例子：宝象国公主（前世是天上的仙女）与黄袍怪在天界因彼此有情却受天条管制，仙女只好转世为宝象国公主到人间与黄袍怪走一遭，最后因为黄袍怪和唐三藏师徒起了干戈，惊扰天庭，才知道黄袍怪思凡，将其带回天界接受惩罚。

这种因为前世爱恋的“因”带出今生纠缠的“果”的案例，一直在讲述着因果循环的过程。这不由得让我想到一个跨越千年的因果传说《白蛇传》。白娘子还是一条小白蛇的时候，被捕蛇老人（法海的某世）抓获，幸得小牧童（许仙的某一世轮回人道的身份）所救。后来，小白蛇经过千年的修行，幻化成美女白娘子，来到西湖断桥，与许仙借伞定情，以报许仙当年的救命之恩。后因许仙的安危，曾冒死去盗仙草搭救许仙的性命。法海拆散许仙和白娘子，白娘子不惜一切代价，怀着身孕还与法海打斗，最后因水漫金山触犯天条，被压在西湖边上的雷峰塔下。

其实，《红楼梦》也是建立在这种故事的架构上的，我们不妨对比一下不同的因果报应的故事在文学造诣上的相同点和不同点。

《红楼梦》中将宝玉和黛玉前世的环境描写得非常唯美，如通灵河岸、三生石畔、离恨天，这些唯美的地名无形中会让你对美产生幻想。《白蛇传》中西湖十景、游船、雷峰塔、断桥残雪、苏堤春晓等场景，如果你不知道故事的后续发展，你也许会认为这些地方非常的唯美。但是《红楼梦》和《白蛇传》的故事都在这些美丽的地方发生了转折性的变化，这种美更衬托出人物命运的悲，在这美丽的土地上，谁曾想过也会有情仇爱恨、悲欢离合？

《红楼梦》和《白蛇传》的因果报应都是建立在前世作业今生报的生报基础上，不同之处在于佛教因果的文学色彩和佛教美学

色彩上存在着明显的区别。它们都是以“还”来拉开故事的序幕，但是两者在佛教美学的定义上有所不同。贾宝玉和林黛玉的前世是极具浪漫主义色彩的，“灌溉”和“还泪”能带出有情众生内心的真善美，最后通过不同人物的结局，突出“千红同窟（哭），万艳同杯（悲）”的主题。《红楼梦》整个因果报应的架构特色突出了“以悲为美”的佛教美学教义，把恩恩相报、因果循环的道理自然而然地灌输给大众，而不是通过乏味的劝诫性的说教来阐述因果。《白蛇传》中的白娘子，以一条令人毛骨悚然的白蛇拉开了人物和故事的序幕，然后又赋予其极具贤惠、善良、勇敢、坚贞的妇女形象。通过一丑一美、一恶一善的对比，带出了西湖断桥、游湖借伞、金钗定情等引人入胜的故事情节，把这些风景如画的实体地点写成了人们向往的人间仙境。但美的背后往往潜藏着一种危机，如断桥到最后人断桥未断；西湖游船借伞，人散伞还在；西湖边上的雷峰塔，原本是西湖美丽的风景，却成了有情有义的白娘子被关押之地。谁曾想，白娘子的“地狱”，竟然是景色如同人间天堂的杭州西湖。《白蛇传》在前世今生的因果报应的故事架构上，“以丑为美”来突出佛教美学，让人性的真善美带来了文学上前所未有的震撼力。

不管是《红楼梦》以悲为美的佛教美学的创作手法，还是《白蛇传》以丑为美的佛教美学的传播途径，都突出了佛教因果报应的意识。《红楼梦》中贾宝玉和林黛玉前世情缘今生还的故事，在佛教文学上超越了人们对美好和慈悲的追求，进入了一个对佛教美学的全新的追求层面。

大水淹了龙王庙，王善保家的之速报

集释、道、儒三家思想的《太上感应篇》极力宣扬因果报应的主题，开篇以十六字“祸福无门，惟人自召。善恶之报，如影随形”为纲要，宣扬善恶终有报的因果报应观念，来教化世人积德行善。

曹雪芹通过不同的角色，将因果报应的不同状态充分体现在人情世故中。接下来要讲的故事就是在因果报应中最直截了当的案例，让人现场洞悉害人反害己的“速报”。

王善保家的是一个仗势压人、庸俗愚蠢之辈，因平日大观园的丫鬟们不待见她，她就怀恨在心，乘机挑唆王夫人生事，乘势告倒了晴雯，然后想出抄检大观园的主意。

这王家的一心只要拿人的错儿，不想反拿住了他外孙女儿，又气又臊。周瑞家的四人又都问着道他：“你老可听见了？明明白白，再没的话说了。如今据你老人家，该怎么样？”这王家的只恨没地缝儿钻进去。凤姐只瞅着他嘻嘻的笑，向周瑞家的笑道：“这倒也好。不用你们作老娘的操一点儿心，他鸦鹊不闻的给你们弄个好女婿来，大家倒省心。”周瑞家的也笑着凑趣儿。王家的气无处泄，便自己回手打自己的脸，骂道：“老不死的娼妇，怎么造下孽了！说嘴打嘴，现世现报在人眼里。”众人见这般，俱笑个不住，又半劝半讽的。

王善保家的自以为是邢夫人的心腹，趁势作脸拉起探春的衣襟作威作福，不料挨了探春一记耳光，自讨没趣。大观园抄检，最后到了她外孙女司棋那里，在司棋箱子里翻出情书一封，并且向众人证明确实绣春囊为司棋所有，不免遭到众人的嘲笑和排挤，自己自讨没趣打着自己的脸，骂自己现实报。

在这里诸多恶行之中，唯独在抄检大观园这事儿上，王善保家的其恶行得到了现场的速报，这对于读者而言真是大快人心。

而关于因果速报，并不是单单指恶果才有速报，善果也是有速报的。传说晋代孝子刘殷七岁的时候，为归天的父亲守孝，三年不曾露齿一笑。祖母冬天想吃堇菜，家道贫穷却不敢说出口，刘殷知道此事后痛哭道："我实在是罪孽深重，祖母在堂想吃堇菜，我竟然连这一点小小的要求都无法满足她老人家。"正哭泣时，刘殷忽然看到土中长出堇菜，且采而不减。

以禅文化来解释，刘殷的孝心感动了上苍，才会有这般神奇的事情出现，尽管多有玄机和教义之意，但是刘殷的故事也深刻体现了善恶的因果报应，与《红楼梦》中的王善保家的遭遇不同之处在于一个是善报，一个是恶报。

因果，不可思议地决定贫富的结局

我是在老人家身边长大的。在我的童年记忆中，总会有几个老人闲坐着谈论自己的人生，这种画面是非常值得人怀念。在《红楼梦》的第三十九回，就呈现了这种让人怀念的画面，并且非常值得我们深思。

刘姥姥笑道："这正是老太太的福了。我们想这么着也不能。"贾母道："什么福，不过是个老废物罢了。"说的大家都笑了。贾母又笑道："我才听见凤哥儿说，你带了好些瓜菜来。叫他快收拾去，我正想个地里现撷的瓜儿菜儿吃。外头买的不像你们田地里的好吃。”刘姥姥笑道：“这是野意儿，不过吃个新鲜。依我们想鱼肉吃，只是吃不起。”

第三十九回非常有趣，两个不同等级的老太太做了一番对比。贾母晚年享尽了儿孙满堂的福气，衣来伸手，饭来张口。刘姥姥是看着老天爷脸色生活的小老百姓，生活艰苦，不得不到大户人家府上来“打秋风”。忽然有一天，年岁相近的两个老太太，在不同的人生经历下进行了一番有趣的对话。

贾母年老，所有人都把她当作“老祖宗”供着，人生晚年除了玩乐，无所事事。然而，贾母得知刘姥姥却能在地里务劳，心生羡慕，便骂自己是老废物，想吃地里的新鲜瓜菜。而刘姥姥则羡慕贾母优渥的生活，随时有鱼肉吃，自己却吃不起。这是多么生动的对比！我经常为贾母感到庆幸，在贾府败落的最后时期，贾母已经提前离开了人世，没有经历这一段悲哀。然而，曹雪芹安排了贫穷的刘姥姥出现在贾母晚年的生命中，直到家族最后的破败，甚至还是刘姥姥救助了王熙凤的女儿巧姐，是多么令人深思的一件事情。

其实我们的人生真的不可思议，因为根本无法让人预料，就像荣华富贵的贾府到最后破败的时候，曾经受过他们恩惠的刘姥姥成了他们的恩人。《红楼梦》在讲因果，是一本遗留在世间的因果经典之书。

贾母想吃地里的新鲜瓜菜，刘姥姥吃不起鱼肉；贾府的富贵奢华和铺张浪费，刘姥姥为生活奔忙的艰苦；贾府最后的衰败，刘姥姥的救助等。贾母和刘姥姥之间的这些对比和最后因果的差距，总会让我想起一则真实的历史故事。

说起一首唐诗，大家都会十分熟悉，那就是李绅的《悯农》：“锄禾日当午，汗滴禾下土。谁知盘中餐，粒粒皆辛苦。”这读来朗朗上口、妇孺皆知的名篇佳句，是在什么样的背景下写出来的呢？

唐朝时期有一个著名的酒宴——“百鸡宴”，这个宴席的策划人就是李绅。他是亳州的一名大诗人，出身于破落的家族，儿时丧父。因为家道败落，李绅生长在农民家庭的环境中，亲眼目睹了农民终日劳作却不能解决温饱的残酷现实。

李绅自幼好学，才华横溢。有一次，李绅回乡探亲，正逢烈日下农民劳作，李绅见此情景，悲悯之情溢于心胸，于是挥手写下了《悯农》一诗。农民大都是悲苦的，在烈日下辛苦劳作是最常见的景象，为什么在无尽的辛苦劳作、付出之后，却连自己的温饱都不能解决呢？早年的李绅还曾经考虑过这种现象跟社会制度有关，曾在感慨之余抒发过自己心中的愤慨：“春种一粒粟，秋收万颗子。四海无闲田，农夫犹饿死。”

每当我们读起这忧国忧民的千古名句时，都会在心中钦佩心怀苍生的李绅。当时李绅也很快就被官场注意，不久便得到了皇帝的赏识和提拔，官运一路亨通。然而，李绅很快受到官场这个大染缸的污染，与其他官员同流合污。发达后的李绅，鱼肉百姓，酷暴无情，迫使当地百姓纷纷逃亡。面对朝廷的指责，李绅满嘴巧辩：“用手捧麦子，饱满的颗粒总是不会动的，何必去在意那些随风扬走的秕糠呢？”

根据史料记载，李绅升官之后，便渐次奢华，仅一顿餐费就需要几百贯钱。而且，他每天都用“百鸡宴”招待那些狐朋狗友，单单一个下酒菜就须一盘鸡舌，估摸着也要杀死三百多只鸡。在李绅的后宅，被宰杀的鸡堆积如山，可谓浪费惊人。

在当时的“牛李党争”中，李绅就是李党的中坚分子。然而，李绅的晚年起伏不已，为了女色阿颜还闹出了“吴湘案”的笑话，以致李绅死后子孙三代不得为仕。

历史总是在谈笑之间让我们犹如醍醐灌顶，从《悯农》诗到“百鸡宴”，从满腔抱负到奢靡无度，李绅的经历不得不让我们敬畏因果的无私与无情。“世人不知有因果，因果何曾饶过谁”，李绅这个例子就是最好的证明。

李绅人生的前后，就像刘姥姥和贾母人生的合体。贫富向来是不能用金钱来衡量的，就像《红楼梦》中的贾府一样，最后没落了，却靠一位贫穷的刘姥姥来救助，这真是命运开的一种玩笑。如同李绅一般，在人生寥落的时候，良心是富有的，有着“谁知盘中餐，粒粒皆辛苦”的大悲之心；而在名利双收之后，良心却贫穷了，以致“百鸡宴”成了大家茶余饭后谈笑的话题。其实因果决定着贫富不可思议的结局。

刘姥姥第一次见贾母的时候，称贾母为老寿星。而事实上，作为贾母的同辈人，贫穷的刘姥姥更有生命的活力。我认为某种程度也是在给读者一个暗示。《杂阿含经》中说：“人当自系念，每食知节量。是则诸受薄，安消而保寿。”《四十二章经》中说：“财色于人，人之不舍，譬如刀刃有蜜，不足一餐之美，小儿舐之，则有割舌之患。”这些经典都在警醒世人不可过多求多欲的生活，这样身心才能长保康泰。

李绅在人生快意之时，完全忘了自己的初心，在他大富大贵之时，也不懂得珍惜自己的福报，过早耗损自己的福德，才导致自己有这样一个悲催的下场。可见，惜福也是一件不容忽视的事情。《红楼梦》中亦是如此，如果不是贾母在贾府富贵之时惜老怜贫，在贾府没有败落之前有救济之心，也不会有刘姥姥后来的报恩。

繁华和富贵只不过是镜花水月的一场幻象，都是由不可思议的因果来衡量并决定的，《红楼梦》是一本现实世界的因果教科书。

万法皆空，因果不空

《飞鸟各投林》把世间的一切都讲进去了，不同的生命在无常中都逃不出因果的轮回，让人在凄美中明了一切。

为官的家业凋零，富贵的金银散尽。有恩的死里逃生，无情的分明报应。欠命的命已还，欠泪的泪已尽。冤冤相报实非轻，分离合聚皆前定。欲知命短问前生，老来富贵也真侥幸。看破的遁入空门。痴迷的枉送了性命。好一似食尽鸟投林，落了片白茫茫大地真干净。

“为官的家业凋零，富贵的金银散尽”讲的便是繁华之后的衰败，这是一个必然的轮回过程，好便是了，了便是好，就是如此。

“有恩的死里逃生，无情的分明报应”，很明显讲的是巧姐和她的母亲王熙凤。因为王熙凤机关算尽，聪明反被聪明误，反把自己给算进去了，但是在王熙凤的生命中，她曾接济过刘姥姥，刘姥姥念此恩德，在贾家败落的时候，把王熙凤的女儿救了，这里是在讲善恶报应。

“欠命的命已还，欠泪的泪已尽。”正所谓“假使百千劫，所作业不亡，因缘会遇时，果报还自受”，因果之事哪怕是千里之外，前世今生所留下的业都是不会消失的。前世林黛玉接受了贾宝玉的灌溉之恩，今生便用一世的泪水偿还贾宝玉。前句讲的是恶业，后句讲的是善业。虽然林黛玉和贾宝玉百般纠缠，但这是一种历劫，是修行所必须经历的，正所谓烦恼即是菩提，我想便是如此。

“冤冤相报实非轻，分离合聚皆前定。”苦海无边，如果一味强行，必定会有无边无际的罪孽。世间一切都是因缘暂时聚合而成的，分离聚散一切如梦幻泡影。如同金桂毒害香菱，没想到却把自己给毒死了。这便是天理昭彰，自害其身。

“欲知命短问前生，老来富贵也真侥幸。”“欲知过去因，现在受者是；欲知将来果，现在做者是”，所以曹雪芹说“今生短命问前世”。

“看破的遁入空门，痴迷的枉送了性命。”这句不难理解，前句讲的是宝玉、惜春、柳湘莲等人，后句讲的是尤二姐和尤三姐。“痴迷”二字我们不可小看，就像贾宝玉说的“我为林姑娘病了”一样，“痴迷”就是一种病，是因心魔得的病。

“好一似食尽鸟投林，落了片白茫茫大地真干净。”一切都是缘来缘去，就像舞台上的戏曲一样，终究是要落幕的。“白茫茫大地真干净”有点像是贾宝玉最后出家的情景，这是视觉上的殊胜，是一种寂灭的美。

一切都干净了，万法都空了，唯有因果不空，最后来收场的全都是因果。

第六章 《红楼梦》人物的佛教文化修养

在诸多红学研究中，有很多学者曾研究过曹雪芹是否有宗教信仰。研究这本具有深厚文化底蕴的《红楼梦》，我想可以抛出很多话题让我们去思考。每每阅读这本名著，我都是抱着包容的心态去看待这本名著中的每一个角色。我曾经看过蒋勋老师解读《红楼梦》的书籍，他说他把《红楼梦》当成佛经来阅读，于我而言亦是如此。

作为《红楼梦》前八十回的作者，曹雪芹是否有佛教信仰的问题，我想可在这本书中寻找答案。文学是源于生活的，佛教文化业已渗透到群众生活中的细微角落。当我们去细读《红楼梦》中人物的佛教思想情怀，深入了解清代社会文人和普通百姓的精神世界时，便可以或多或少的从《红楼梦》中提炼出文学里的佛教文化底蕴。

《红楼梦》的禅文化与清朝时期的佛教发展

在《红楼梦》这本著作里，经常会有几大教派的思想同时在故事情节中出现的现象，一会儿谈禅，一会儿说道，一会儿又论儒家思想。其实，《红楼梦》的这种文学观与明清时期佛教和道教的发展有着直接关系。

明清时期，佛道两教作为统治阶级思想统治和精神统治的支柱之一，已经进入了衰落时期。虽然佛道两教的发展得到了清朝前期几位皇帝的支持和保护，但是也受到了一定程度的限制和束缚。古代社会早已经形成了文人、士大夫的禅悦之风，他们在保留对庄子哲学热情的同时，依然维持着文人对佛道两教的兴趣，尤其是帝王阶级对佛道两教的推崇和信奉，直接影响着文人和大众对宗教的信仰与发扬。

曹雪芹出生在“百年望族”权贵之家，与清朝皇室家族有所来往，必然在一定程度上受到当时社会所流行的禅悦之风的影响。而在《红楼梦》中，也出现贾宝玉、林黛玉、薛宝钗等人喜爱禅悦之风的故事情节。

清代顺治皇帝一统中原后，皈依禅宗，精进参禅，与禅宗的出家师父往来甚密，顺治十五年，曾下敕谕，特遣使迎接玉林禅师，有云：“尔僧通琇，慧通无始，智洞真如；扫末世之狂禅，秉如来之正觉。”又十六年敕谕，有云：“尔禅师通琇，临济嫡传，笑岩近裔；心源明洁，行解孤高。故于戊戌之秋，特遣皇华之使，聘来京阙，卓锡上林。朕于听觉之余，亲询释梵之奥；实获我心，深契予志；洵法门之龙象，禅苑之珠林者也。”这段关于帝王和佛教的历史公案，足以证明当时统治阶级对禅宗推崇的热度。

《红楼梦》中一僧一道的出现，贾宝玉一会儿参禅，一会儿悟道，一会儿又毁僧谤道，对那些俗人不知所谓的崇拜神灵提出了批评。而在晴雯死后，他却相信晴雯变成了花神。在《红楼梦》中也出现很多佛道不分的现象，如第六十六回“情小妹耻情归地府，冷二郎一冷入空门”。“空门”一词，是佛教的总名，而此回说柳湘莲在破庙旁边遇见一个“跏腿道士”。在文中地点是寺庙，而人却是道家的人，显然是佛道不分的现象。又如宝玉出家做了和尚，贾政将宝玉出家之事奏明皇上，皇上却赐了宝玉一个“文妙真人”的道号，既然都出家做了和尚，为何还会赐道号呢？

佛教初传到中国的时候，为了巩固其地位，经常与道教相附会，这种现象在学术界被称为“格义佛教”。而佛教自两汉东渐以后，在各个层次不断与中国文化相融合；魏晋南北朝至隋唐，逐渐形成了完整的中国化的佛教流派；到宋代以后，佛教则在思想上与俗学融为一体，兼通儒释的思想成为当时社会普遍的潮流。禅僧契嵩和智圆就是这类思想的典型代表。

契嵩撰写的《辅教篇》，提倡三教合一，在理论上特别论述了儒释的相同之处。“心则一，其迹则异”，契嵩认为各个名家都是从心出发而建立理论的，虽然所走的道路不同，但是最终还是会归为一类的，这些思想都是劝人向善的。在此理论的基础上，契嵩将佛教戒律和儒教纲常完美地结合在一起：

五戒，始一曰不杀，次二曰不盗，次三曰不邪淫，次四曰不妄言，次五曰不饮酒。夫不杀，仁也；不盗，义也；不邪淫，礼也；不饮酒，智也；不妄言，信也。

在这里，佛教的五戒成了出世的思想，儒教的五常成了入世的戒律，契嵩将儒教和佛教融为一体。

在宋代，另外一位弘扬儒释合流的人物就是天台宗的智圆。他一生著书二十四部，一百一十九卷。智圆的三教同源、宗儒为本的思想特别引人注目。契嵩和智圆的儒释思想同时说明了佛教在中国达到了一个更高的层次，在社会运行上得以协调的同时，也将儒道相衔接，使之在哲理上融会贯通。佛教对于道教的模仿，除了对神通的宣扬，还在于倡导道教的科教礼仪。

《红楼梦》中的神道描写和僧道形象的刻画出现宗教混乱现象，

这在文学作品中的表现是有重要的宗教历史依据的。曹雪芹受到宗教历史上佛道诸多共同点和混乱现象的影响，并在这种文化的启发下去虚构小说，出现教派文学常识的错误，是不足为奇的。不仅如此，四大名著中罗贯中的《西游记》也是如此。比起《红楼梦》，《西游记》的宗教界限更加模糊。美猴王访道求仙是道教行为，拜菩提老祖则是佛教行为；在拜菩提老祖为师的时候，菩提老祖曾静坐讲黄庭，《黄庭经》是道教的作品；最后皈依佛门西天取经。《西游记》中这样的宗教混乱现象，和《红楼梦》一样，也是因为深受宗教历史的影响。

在曹雪芹的《红楼梦》中，一道一僧的出现，文字背后的宗教内涵思想也深刻地反映出佛道的共同性，以至于后面三教思想的携手出现，也从侧面说明了释道儒三教的共性。作为文学巅峰巨著的《红楼梦》，文字中流淌的宗教情怀，真实地反映了当时宗教在社会上的思想影响。《红楼梦》不仅仅在传统文学上有着卓越的贡献，在宗教文学历史乃至佛教文学历史上也有着重要的位置。

贾宝玉参禅的典故引用

贾宝玉这个极具传奇性的人物，其实在小说的开始我们就能猜测到这个人是不平凡的。我们可能听说过许多关于名人出生的不平凡的故事，如传说中的妈祖，出生以后的一个月内不曾哭过，被父母起名为默娘。诸如此类的还有某位奇人出生时天有异象或者天降祥瑞等。这样的传说虽然不靠谱，但在中国文学版块也算是一大特色。

在宝玉这个特殊身份的背后，他对宗教的态度和举动是我们比较关注的。就宝玉个人而言，他在欣赏禅宗、道教的哲学思想的同时，也对宗教的传统文化持有矛盾的态度，这主要体现在宝玉的毁僧谤道的举动上，但是在宗教文化方面，贾宝玉的造诣可见一斑。

在《红楼梦》中，贾宝玉谈禅的情节，作者引用了关于佛教的著名典故，并且在这些典故的基础上，通过自己在参禅文学上的造诣，使禅悦之风的境界再次得到升华。

在第九十一回“纵淫心宝蟾工设计，布疑阵宝玉妄谈禅”中，宝玉和黛玉在对话中谈了一番禅，在这种参禅的对话中，我们可以看出宝玉的佛教修养。

宝玉呆了半晌，忽然大笑道：“任凭弱水三千，我只取一瓢饮。”黛玉道：“瓢之漂水奈何？”宝玉道：“非瓢漂水，水自流，瓢自漂耳！”黛玉道：“水止珠沉奈何？”宝玉道：“禅心已作沾泥絮，莫向春风舞鹧鸪。”黛玉道：“禅门第一戒是不打诳语的。”宝玉道：“有如三宝。”

从宝玉的言语中，我们可以看出宝玉借用古人的诗句表达出自己的出世思想。

其实“禅心已作沾泥絮”是有典故的，这个典故和苏轼有关。苏轼在徐州的时候，参寥和尚从杭州特地去拜访他。在饭桌上，苏轼试图和参寥开玩笑，便叫了一个妓女作陪向参寥讨诗。参寥即兴作了一首诗：“多谢尊前窈窕娘，好将幽梦恼襄王。禅心已作沾泥絮，不逐春风上下狂。”最后一句表达了出家人宁愿做沾了泥的柳絮，内心清净无为，也不愿意随波逐流，左右摇摆满腔轻狂。“莫向春风舞鹧鸪”，这句话引用得非常有意思。宝玉喜欢杜撰典故，这个典故出自《异物志》中“鹧鸪其志怀南，不思北徂（往），南人闻之则思家”一句。诗人郑谷《席上赠歌者》曾有“座中亦有江南客，莫向春风唱鹧鸪”句，此处宝玉巧妙地将“唱”字改为“舞”，读起来更有味道。

贾宝玉的佛学造诣

宝玉的人生是以出家画上句号的，这无疑是非常圆满的，因为至少在我们人生的信仰中看到了希望，这也是让我欣慰的地方。宝玉出家前，我们是可以看出宝玉的慧根和造化的。宝玉能并蓄佛道两教，最让人敬佩的是他能将自己对佛教的领悟转化为实际行动，将理论与实践相结合，培养自己的宗教情怀。所以，宝玉出家了，可以说他解脱了。

宝玉出家前，在很多事例上可以看出他的悟性不同常人。第一百一十八回，从宝玉对经典书籍的态度转变中，我们可以看出宝玉的悟性已经有所超越了。

如《参同契》、《元命苞》、《五灯会元》之类（宝玉）叫出麝月、秋纹、莺儿等都搬了搁在一边。宝钗见他这番举动，甚为罕异，因欲试探他，便笑问道：“不看他倒是正经，但又何必搬开呢?”宝玉道：“如今才明白过来了。这些书都算不得什么，我还要一火焚之方为干净。”宝钗听了，更欣喜异常。只听宝玉口中微吟道：“内典语中无佛性，金丹法外有仙舟。”宝钗也没很听真，只听得“无佛性”、“有仙舟”几个字，心中转又狐疑，且看他作何光景。

“一火焚之方为干净”可以看出宝玉已经悟道了，顿悟中得到人生的真谛，同时也与禅宗倡导的“不立文字，教外别传”的见性成佛道理相暗合。其实，禅就在生活中，只要有心，处处都是禅。禅对万事万物的把握，不需任何文字和语言作为桥梁，有时候文字倒成了我们领悟人生道理的一种障碍。宝玉明白了这番道理，所以要将这些文字一火焚之。宝玉追求的是一种超越和完美，所以他认为“金丹法外有仙舟”。“金丹”是道教的道门术语，而“仙舟”则暗喻了见性成佛的道理，并非让你真正去找成佛成仙的丹药，宝玉再次强调的是内在精神的精进和升华。

宝玉的佛性和悟性也是渐渐从自我修养中培养起来的，而不是与生俱来的。从小说的第一回我们可以看出，曹雪芹借用一道一僧之口，形容宝玉的前世是一块顽石，僧人曾说这石头“若说你性灵，却又如此质蠢，并更无奇贵之处”。僧人准备带着顽石投胎，了却一段风流案，道人曾问过：“你携了这蠢物，意欲何往？”可见，宝玉的悟性是在一番经历之后才渐渐培养起来的。

宝玉的领悟，经历了花红柳绿、繁华落寞、聚散离合，其家族也从昌盛走向衰败。这一路，贾宝玉可谓是如人饮水，冷暖自知。在这个过程中，警幻仙子多次用不同的方法救度宝玉，但是那时候的宝玉悟性不够，不能转念。宝玉在一步步参悟之后，最终看破一切，放下执着，遁入空门。

林黛玉，本来无一物的机锋

内慧外秀的林黛玉，才华横溢是无可否认的。在《红楼梦》中我们多处可见林黛玉与贾宝玉、薛宝钗在公开场合谈禅论道，他们将自己对禅宗思想的领悟间接贯穿于生活中。虽然林黛玉对禅宗思想颇有见解，但她最终不能像贾宝玉那样遁入空门，给自己人生画上圆满的句号，这不得不说业力和因缘是因人而异的。

金陵十二钗中，妙玉的判词是“欲洁何曾洁，云空未必空。可怜金玉质，终陷淖泥中”。在《红楼梦》中，如果说到“洁”字，或许我们会联想到林黛玉。林黛玉的美，不容任何污点去玷污，但是她却身陷在这淤泥之中的贾府。

在黛玉葬花这个举动中，可以说将黛玉对美的独特见解推向了一个高度。从林黛玉葬花的举动来看，林黛玉的思想是圣洁的，她的圣洁不会让你觉得伟大，也不会让你觉得卑微，这种圣洁不带道德的呐喊，而是内心的呼唤。“质本洁来还洁去，强于污淖陷渠沟。”林黛玉的美和净就像是菩萨用柳枝甘露水洗过一样，即便是在这尘埃之中，你也会体会到她“时时勤拂拭”的出尘不染般的入世之心。

而林黛玉在和贾宝玉谈禅论道时对禅的理解和理论，也很好地将“时时勤拂拭”升华到“本来无一物，何处惹尘埃”的境界。

在第二十二回中，贾宝玉听曲文悟禅机，没想到遭到了林黛玉、薛宝钗、史湘云等人的阻止和多方发难。

宝钗笑道：“要说这一出热闹，你还算不知戏呢。你过来，我告诉你，这一出戏热闹不热闹。——是一套北《点绛唇》，铿锵顿挫，韵律不用说是好的了；只那词藻中，有一只《寄生草》，填的极妙，你何曾知道?”宝玉见说的这般好，便凑近来央告：“好姐姐，念与我听听。”宝钗便念道：“‘漫揾英雄泪，相离处士家。谢慈悲，剃度在莲台下。没缘法，转眼分离乍。赤条条来去无牵挂。那里讨烟蓑雨笠卷单行，一任俺芒鞋破钵随缘化。’”

在听完戏曲之后，凤姐间接开玩笑说这戏子像林黛玉，惹恼了林黛玉。贾宝玉事后左右圆场，却吃力不讨好。回到家中，宝玉细想不免觉得伤心，不禁大哭起来，翻身起来至案，遂提笔立占一偈云：“你证我证，心证意证。是无有证，斯可云证。无可云证，是立足境。”更有趣的是，贾宝玉写完之后，又怕别人看不懂，自己也填一支《寄生草》，写在偈后：“无我原非你，从他不解伊。肆行无碍凭来去。茫茫着甚悲愁喜，纷纷说甚亲疏密。从前碌碌却因何，到如今，回头试想真无趣。”

当林黛玉和薛宝钗看到宝玉提笔立偈之后，林黛玉前去问贾宝玉：“宝玉，我问你：至贵者是‘宝’，至坚者是‘玉’。你有何贵？你有何坚？”林黛玉的发问让贾宝玉哑口无言。林黛玉用贾宝玉的名字来发问，可见她的机智和对禅宗领悟的慧根，也可以看出她在平常生活中寻找禅意，在平凡中把握禅机和当下生命的主体。

林黛玉嘲笑完贾宝玉之后，说道：“你那偈末云，‘无可云证，是立足境’，固然好了，只是据我看，还未尽善。我再续二句在后。”然后林黛玉续了句：“无立足境，是方干净。”然后薛宝钗讲起了当日南宗六祖惠能初寻师至韶州的典故。

其实此处宝玉的体悟和黛玉的禅机，可以说是佛教家喻户晓的神秀与六祖惠能悟道偈的改编版本，在这里借薛宝钗之口把这段典故给讲了出来。当年五祖为求法嗣，让众弟子写偈来考察其悟性和造诣，以便物色法嗣，其中神秀的偈颂说：“身是菩提树，心如明镜台。时时勤拂拭，莫使惹尘埃。”而惠能在神秀的偈颂基础上则说：“菩提本无树，明镜亦非台。本来无一物，何处惹尘埃？”后来五祖看到神秀的偈颂之后，道：“汝作此偈，见即未到。”独独对惠能的偈颂夸赞不已，遂将法嗣传给了惠能。

从神秀的句子中我们可以看出他的“渐修”思想，而惠能主张“见性成佛”，提出了当下的“顿悟”。而林黛玉活学活用，将这则典故用来发问和引导宝玉的思想，可见“无可云证，是立足境”远远不如“无立足境，是方干净”明心见性。

刘姥姥，用吃斋念佛的因果点化王夫人

刘姥姥这个农村老太婆的普通角色，在《红楼梦》中占据着重要的分量。曹雪芹塑造了刘姥姥这么一个角色，成全了王熙凤这个角色一生中的善恶报应。因为王熙凤昔日曾救济刘姥姥，所以在家族败落之后，刘姥姥为报答王熙凤昔日恩情，成了王熙凤之女巧姐的救星。此外，刘姥姥在贾家的出出入入，也影响了贾府中众人的宗教信仰，虽然在此笔墨极少，但也可以看出刘姥姥在《红楼梦》中充当着佛教信众的形象。

刘姥姥的出现，首先激发了王熙凤被冰封已久的善心。同时，刘姥姥张口闭口就是“阿弥陀佛”的举动，不免会与众人谈及一些关于佛教的茶话，供大家取乐。在这个过程中，刘姥姥扮演的这个角色，无形中影响了不少人。

刘姥姥是个俚俗的人，所以讲的故事都是那些平民百姓或苦或悲的佛教故事。在第三十九回中，刘姥姥胡编乱造了一个茗玉小姐成精的故事，并胡乱编说这个小姐有座祠堂，如今已经成了破庙，村庄上的人还商议着要打了这塑像平了庙。一听要“平了庙”，宝玉说：“我们老太太，太太都是善人，合家大小也都好善喜舍，最爱修庙塑神的。我明儿做一个疏头，替你化些布施，你就做香头，攒了钱把这庙修盖，再装潢了泥像，每月给你香火钱烧香岂不好?”这正

是因为贾母和王夫人平日的喜舍慈悲、乐善好施，或多或少地影响了宝玉。同时，在那个年代宗教文化背景的影响下，贾母上下待人的宽厚，对刘姥姥的同情，不得不说是当时佛教普遍影响的缘故。

刘姥姥在第二次进贾府的时候，向贾府的太太和小姐们讲述了吃斋念佛感动菩萨的故事。在这段写作上，曹雪芹是另有文章的。

刘姥姥便又想了一篇话，说道："我们庄子东边庄上有个老奶奶子，今年九十多岁了。他天天吃斋念佛，谁知就感动了观音菩萨，夜里来托梦，说：'你这样虔心，原来你该绝后的，如今奏了玉皇，给你个孙子。'原来这老奶奶只有一个儿子，这儿子也只一个儿子，好容易养到十七八岁上死了，哭的什么似的。后来果然又养了一个，今年才十三四岁，生的雪团儿一般，聪明伶俐非常。可见这些神佛是有的。"这一席话暗合了贾母王夫人的心事，连王夫人也都听住了。

刘姥姥这个故事非常巧合，她在讲这个故事的时候，也许并不知道王夫人还有个大儿子已经往生的事情。这个故事之所以吸引人并能引起贾母和王夫人的反思，是因为这个吃斋念佛感动菩萨的故事有着王夫人和贾母生活的影子。

刘姥姥说"可见这些神佛是有的"，这也不足为奇。对于那时候的女性而言，拜神拜佛的现象是非常普遍的。贾母和王夫人这样一个活生生的例子就摆在眼前，宝玉的出现，不就是王夫人天天吃斋念佛，行善积德才有的福报吗？因此，贾母和王夫人听了刘姥姥这个故事，更加认为宝玉的到来是拜佛菩萨所赐，同时也坚定了她们对佛教的信仰。处于那个时期的女性，不管是贵族阶级还是平民阶级，她们内心的共同信仰就是善。而刘姥姥的故事带着几分度化和引导的性质，她用吃斋念佛的因果，激发出众人对善的向往，可以说是不折不扣的佛菩萨形象。

刘姥姥念佛的功德

刘姥姥的口头禅是“阿弥陀佛”，想来是非常有意思的。曾经听过一位学心理学的朋友谈过，她说刘姥姥这种行为是一个卑微者内心虚空的表现。其实站在佛教的角度来看，未必如此。刘姥姥习惯性念佛，可以说已经成为口头禅了。这个口头禅在刘姥姥为人的良心深处，于无形中影响着刘姥姥的善业举动。

不管刘姥姥生活如何贫困，她都没有失去信仰。尽管刘姥姥对宗教的信仰没有建立在内心深处，而只是停留在对神佛的崇拜，但是她在众人面前表现出对神佛的敬畏，无意中却影响了一些人。

第四十二回中，凤姐的女儿巧姐生病时，刘姥姥与王熙凤进行了一番关于神鬼的谈话：

凤姐道：“从来没像昨儿高兴。往常也进园子逛去，不过到一两处坐坐就回来了。昨儿因为你在这里，要叫你逛逛，一个园子倒走了多半个。大姐儿因为找我去，太太递了一块糕给他，谁知风地里吃了，就发起热来。”刘姥姥道：“小姐儿只怕不大进园子，生地方儿，小人儿家。比不得我们的孩子，会走了，那个坟圈子里不跑去。一则风扑了，也是有的；二则只怕他身上干净，眼睛又净，或是遇见什么神了。依我说，给他瞧瞧祟书本子，仔细撞客着了。”一语提醒了凤姐，便叫平儿拿出《玉匣记》，着彩明来念。彩明翻了一会，念道："八月廿五日病者，在东南方得遇花神。用五色纸钱四十张，向东南方四十步送之大吉。"凤姐笑道："果然不错。园子里头可不是花神！只怕老太太也是遇见了。"一面说一面命人请两分纸钱来，着两个人来，一个与贾母送祟，一个与大姐儿送祟。果见大姐儿安稳睡了。

刘姥姥认为巧姐生病是因为冲撞了神灵之类的，最难得的是王熙凤听后也相信了，翻查《玉匣记》后才知道是花神，于是烧纸钱给花神，为贾母和巧姐送祟。大凡这样的举动，大家都会认为是迷信之说，但这个也是民间信仰的一种体现，这种信仰包含了宗教的某些思想观念。

刘姥姥鬼神之说的举动是灵验的，她说凤姐的女儿是富贵人家养的孩子太娇嫩，再加上人小，禁不得一点委屈，以后少疼爱些就好了，让王熙凤不得不佩服她见识多，便说："这也有理。我想起来他还没个名字，你就给他起个名字，一则借借你的寿；二则你们是庄稼人，不怕你恼，到底贫苦些，你贫苦人起个名字，只怕压的住他。"

古人常说："穷人的孩子早当家。"在王熙凤的思想观念里，也尊重这些民间信仰的思想，至于王熙凤为什么这么相信刘姥姥，一方面出于对女儿巧姐的疼爱，另一方面，刘姥姥的善心确实也感化和影响着王熙凤。

王熙凤是个有手段的人，可以说她是什么都不怕的，这一点在第十五回有充分的体现。这一回讲王熙凤因秦可卿去世寄灵铁槛寺，净虚趁机向王熙凤提出张财主与长安守备退亲之事的官司，在对话中，王熙凤说道："你是素日知道我的，从来不信什么是阴司地狱报应的，凭是什么事，我说要行就行。你叫他拿三千银子来，我就替他出这口气。”

以王熙凤的精明，她不难看出那些僧众们的世俗，而在刘姥姥身上，王熙凤看出了她的真诚，尽管刘姥姥有时言语中多带奉承和迁就之意，但是刘姥姥没有害人之心。

其实，经常念佛是可以使人渐渐被感化的。刘姥姥在各种情况下念佛的举动在佛教净土宗是有说明的。

佛教净土宗倡导的是持念佛号，这种现象自唐代始便流行于社会底层，以其简便的宗教行为为百姓所熟悉和热捧。而宋明以后，禅宗、律宗、天台宗、华严宗等各个宗派，基本兼修念佛法门。在清代，禅宗和净土宗最受欢迎，禅宗也倡导念佛法门。

“少说一句话，多念几声佛。”在大众看来，念佛是有功德的。在净土宗看来，通过持名念佛的这个举动，可以往生极乐世界。《佛说阿弥陀经》云：“舍利弗，若有善男子善女人，闻说阿弥陀佛，执持名号，若一日、若二日、若三日、若四日、若五日、若六日、若七日，一心不乱，其人临命终时，阿弥陀佛与诸圣众现在其前。是人终时，心不颠倒，即得往生阿弥陀佛极乐国土。舍利弗。我见是利，故说此言。若有众生，闻是说者，应当发愿，生彼国土。”

在佛教有方便法门之说，众生要想成佛，需要积福积德，然而这个过程并非一朝一夕可以完成的，再加上个人的根基和业力远不如古人，成佛之说是难上加难。阿弥陀佛预知众人的愚钝与业障，因而发愿代替众生修行，并将功德收归于“阿弥陀佛”的名号中，再回馈给众生，只要众生口念“阿弥陀佛”的名号，就能感应到此功德。这种方便法门，也是阿弥陀佛对有情众生慈悲的体现。这种删繁就简的念佛法门，是非常吸引善男信女的，也正是通过这种法

音的随喜传播，佛教影响着一代又一代的信众。刘姥姥的念佛，不仅仅是在给自己积累福德，同时也通过这个法音的法喜，时时刻刻感染着周边的人。

我念阿弥陀佛时，阿弥陀佛护念我，我不念阿弥陀佛时，阿弥陀佛悯念我。

王熙凤礼佛皆因恐惧

王熙凤的精明和手段，我相信鬼见到她都要畏惧三分。强势的她曾说过："你是素日知道我的，从来不信什么是阴司地狱报应的，凭是什么事，我说要行就行。你叫他拿三千银子来，我就替他出这口气。"这主要体现在前八十回里。在后四十回，王熙凤一改往日作风，开始相信起鬼神之说，对佛教的敬畏也渐渐建立了起来。

第一百〇一回，王熙凤深夜在大观园中看到秦氏的鬼魂后，心中便开始有了疑问，并与散花寺的尼姑大了开始了一段对话：

却说凤姐素日最厌恶这些事的，自从昨夜见鬼，心中总只是疑疑惑惑的，如今听了大了这些话，不觉把素日的心性改了一半，已有三分信意，便问大了道："这散花菩萨是谁？他怎么就能避邪除鬼呢？"大了见问，便知他有些信意……

王熙凤问散花菩萨是谁是有缘由的，王熙凤夜半见到秦氏的鬼魂之后，又听大了说前月王大人见神见鬼的，太太夜间又看见去世的老爷。刚好这事戳到了王熙凤的担忧之处，纵使王熙凤是个"鬼见愁"的厉害人物，也经不起自己吓自己，所以她问散花菩萨是谁，大了也是聪明人，回答的话也戳到了王熙凤的要害。

凤姐道："这有什么凭据呢?"大了道："奶奶又来搬驳了。一个佛爷可有什么凭据呢！就是撒谎也不过哄一两个人罢了，难道古往今来多少明白人都被他哄了不成！奶奶只想，惟有佛家香火历来不绝，他到底是祝国裕民有些灵验人才信服。"凤姐听了大有道理，因道："既这么，我明儿去试试。你庙里可有签?我去求一签，我心里的事签上批的出来我从此就信了。"

王熙凤是精明的，大了的话更有智慧。王熙凤细想也能分析出来，这天底下哪有不透风的墙？而大了则用了大数法则的方法来解答王熙凤的疑问和怀疑。我们细细分析大了的回答，既然是谎言，天底下的人不是个个都是可以被骗的傻子。神佛之说都是大家没有看到的，能骗一两个人也就算了，这千百年来多少人信奉，你王熙凤再厉害，难道是这些人的例外？大了反问的话便是这层意思。而王熙凤听后，一方面无从解释，另一方面确实因为平日坏事做绝，自己的内心世界是恐惧的，此时此刻遇到这些事情和事例，她势必会有所忌惮和敬畏。

王熙凤对佛教的信奉是求佛拜佛，而不是学佛，更不是在精神上自我升华和精进。在第一百一十三回中，王熙凤的举动更加明确。

凤姐此时只求速死。心里一想，邪魔悉至。只见尤二姐从房后走来，渐近床前，说："姐姐，许久的不见了，做妹妹的想念的很，要见不能。如今好容易进来见见姐姐。姐姐的心机也用尽了，咱们的二爷糊涂，也不领姐姐的情，反倒怨姐姐作事过于苛刻，把他的前程丢了，叫他如今见不得人。我替姐姐气不平。”凤姐恍惚说道：“我如今也后悔我的心忒窄了。妹妹不念旧恶，还来瞧我。”平儿在旁听见，说道：“奶奶说什么？”凤姐一时苏醒，想起尤二姐已死，必是他来索命。被平儿叫醒，心里害怕，又不肯说出，只得勉强说道：“我神魂不定，想是说梦话，给我捶捶。”

四大皆空，因果不空。正是因为素日王熙凤诸恶作尽，才导致今日颠倒梦想，心生畏惧。后四十回中王熙凤在神明面前的祈祷，可见王熙凤的内心开始转变，在这种佛教氛围的熏陶下，或多或少开始敬畏因果的厉害之处了，接着她的业障又显现了。

凤姐刚要合眼，又见一个男人一个女人走向炕前，就像要上炕似的。凤姐着忙，便叫平儿，说：“那里来了一个男人，跑到这里来了！”连叫两声，只见丰儿小红赶来说：“奶奶要什么？”凤姐睁眼一瞧，不见有人，心里明白，不肯说出来，便问丰儿道：“平儿这东西那里去了？”丰儿道：“不是奶奶叫去请刘姥姥去了么？”凤姐定了一会神，也不言语。

前面先写昔日被王熙凤折磨而死的尤二姐来索命，接着又写王熙凤弄权铁槛寺害死的男女鬼魂来报仇，这一回把“善有善报，恶有恶报，不是不报，时辰未到”的因果报应写得非常到位。但是王熙凤的业障太重，还是到达不了解脱的对岸，她对佛教的敬畏仅仅是建立在神佛菩萨的宗教礼仪和仪轨上，直到王熙凤临终前见到刘姥姥，还是不能领悟。

凤姐闹了一回，此时又觉清楚些。见刘姥姥在这里，心里信他求神祷告，便把丰儿等支开，叫刘姥姥坐在头边，告诉他心神不宁，如见鬼怪的样。刘姥姥便说我们屯里什么菩萨灵，什么庙有感应。凤姐道："求你替我祷告。要用供献的银钱我有。"便在手腕上褪下一只金镯子来交给他。刘姥姥道："姑奶奶，不用那个。我们村庄人家许了愿，好了，花上几百钱就是了，那用这些。就是我替姑奶奶求去也是许愿，等姑奶奶好了要花什么自己去花罢。"凤姐明知刘姥姥一片好心，不好勉强，只得留下，说："姥姥，我的命交给你了。我的巧姐儿也是千灾百病的，也交给你了。"

众生皆有佛性。王熙凤虽然做了很多坏事，但是她还是有佛种、有佛性的，至少在面临鬼魂的时候，她惧怕过。她对神佛的恭敬，虽然带有目的性和世俗性，但也能看出她内心的忏悔，只是她没有开悟，不能去修持自己罢了。

"世人不知有因果，因果何曾饶过谁"，即使王熙凤求佛求神，如果不及时回头转念，她一样逃脱不了因果的惩罚。

捡佛豆和念米佛的净土宗念佛方法

在贾府的众多人中，贾母的礼佛并非偶然，她的礼佛已经形成了习惯，对佛陀的依赖已经入到骨子里。刘姥姥讲故事的时候，碰巧南院马棚失火，贾母的第一反应就是吓得口内念佛，并且命人去火神像前烧香，从贾母这种诸事对神佛依赖的心理反应，可以看出那时诸多信众在精神上已经把佛教当成了避难的场所。

贾母的礼佛方式是非常考究的，在过八十大寿的时候，府上众人为她拣佛豆的情节非常有意思：

凤姐道："谁敢给我气受！便受了气，老太太好日子，我也不敢哭的。"贾母道："正是呢。我正要吃晚饭，你在这里打发我吃，剩下的你就和珍儿媳妇吃了。你两个在这里帮着两个师父替我拣佛豆儿，你们也积积寿。前儿你姊妹们和宝玉都拣了，如今也叫你们拣拣，别说我偏心。"说话时，先摆上一桌素的来，两个姑子吃了；然后才摆上荤的，贾母吃毕，抬出外间。尤氏凤姐儿二人正吃，贾母又叫把喜鸾四姐儿二人也叫来，跟他二人吃。吃毕洗了手，点上香，捧过一升豆子来，两个姑子先念了佛偈，然后方一颗一颗的拣在一个簸箩内。每拣一颗，念一声佛。明日煮熟了，令人在十字街结寿缘。贾母歪着，听两个姑子又说些佛家的因果善事。

民国高僧印光法师提出边念佛边从一到十计数的摄心念佛方法，原文为："至于念佛，心难归一。当摄心切念，自能归一。摄心之法，莫先于至诚恳切。心不至诚，欲摄莫由。既至诚已，犹未纯一，当摄耳谛听。"

意思是说，我们念佛的时候心很难归一，嘴上念佛，脑子里妄想纷飞。只有摄住心神，才能恳切地念佛，心才能够自然归一。印光法师提出的这种念佛方法实为摄受其心，而《红楼梦》的问世早在印光法师之前，我们也可以看出净土宗倡导通过念佛来积累自己的功德的思想，早已演变成各种念佛方式，在《红楼梦》中，除了刘姥姥口头不离念佛，贾母拣佛豆的念佛方式，还有鸳鸯的念米佛方式。

鸳鸯道："姑娘又说笑话了。那几年还好，这三四年来姑娘见我还拿了拿笔儿么？"惜春道："这却是有功德的。"鸳鸯道："我也有一件事：向来服侍老太太安歇后，自己念上米佛，已经念了三年多了。我把这个米收好，等老太太做功德的时候我将他衬在里头供佛施食，也是我一点诚心。"惜春说道："这样说来，老太太做了观音，你就是龙女了。"鸳鸯道："那里跟得上这个分儿！却是除了老太太，别的也服侍不来，不晓得前世什么缘分儿。"说着要走，叫小丫头把小绢包打开，拿出来道："这素纸一扎是写《心经》的。"又拿起一子儿藏香道："这是叫写经时点着写的。"

在众多信众的佛教情感里，其实早已把净土宗持名念佛的方法世俗化了。鸳鸯的念米佛和贾母的拣佛豆在本质上如出一辙，只不过表现形式不一样罢了。在信众的观念中，每拣一颗佛豆，念一声佛，福德就越大。这样的文学故事不仅仅在《红楼梦》中有所体现，明清小说《济公全传》第八回也有类似的情节。

老道忙叫小童去买了酒菜吃了。次早，和尚出了个主意，用二个笸箩，买一千黄豆，和尚坐在蒲垫上，老道念一声无量佛，磕一头念一声阿弥陀佛，由黄笸箩拿粒黄豆，搁在红笸箩内，省记着。老道磕了几十头，就觉腰酸腿痛，磕至二百，见和尚闭着眼打盹。老道一想："我捧过一把去，少磕些。"见和尚睡熟了，忙捧了一把，往红笸箩内搁下。和尚一睁眼，说："好东西，练法术偷私，重磕！"把豆儿又抓回去，又拐了三百多去。老道磕了五六天，把剩的银子也花完了。和尚叫打酒买菜，老道叫童子："把我的道袍别顶，金管当了，等我练好搬运法，再换好的。"

这里的和尚指的是济公，这段描写显然是把净土宗念佛方式作为一种体罚。直到现在，很多情况下，徒弟犯错，师父也会让徒弟用念佛或者读诵经书等求忏悔，以这些法音来调服自己的内心，摄受自己。

《红楼梦》中贾母的拣佛豆、鸳鸯的念米佛，不管她们的举动背后目的是什么，也不管这些举动是否过于依附于宗教的形式而不是实质，《红楼梦》文字中流淌的佛教文化，还是引导着众生去寻求真善美的！

第七章 《红楼梦》中人物的佛教情怀和因缘

清王朝与佛教发展

对于虔诚的佛教徒而言，出家是一件非常殊胜的事情，不仅可以得到解脱，更是精神上的升华。而《红楼梦》这部作品，有诸多角色的最终结局都是出家了，如甄士隐、贾宝玉、惜春、柳湘莲、芳官等。他们的出家历程和一系列的心理变化都需要我们去反思和追问。在他们出家的动机背后，无形中反映出清代文人、士大夫和普通阶层的平民百姓内在的精神生活。

清代初期，佛道两教受到统治阶层的重视，清朝诸皇帝极为信奉佛道两教。但是当时的佛道两教已经走向衰落，在政治地位上已经威胁不到国家的稳定，无论百姓们是否出家，信奉的是佛教还是道教，都已经无所谓了。曾有御制诗谈到这一现象："有以沙汰僧道为请者，朕谓沙汰何难，即尽去之，不过一纸之颁，天下有不奉行者乎？但今之僧道，实不比昔日之横恣，有赖于儒氏辞而辟之。盖彼教已式微，且藉以养民。分田授井之制，既不可行，将此数千百万无衣无食、游手好闲之人，置之何处？故为诗以见意云。颓波日下岂能回？二氏于今亦可哀。何必辟邪犹泥古？留资画景与诗材。"

"但今之僧道，实不比昔日之横恣。"可见当时佛道两教的地位何等卑微。“颓波日下岂能回？二氏于今亦可哀。何必辟邪犹泥古？留资画景与诗材。”“二氏”是指佛教和道教，诗中认为佛道两教的影响只不过是点缀一下诗画。细看宗教在历史上的发展，从宋代诸皇帝对宗教的“敬”，发展到清代顺治、康熙、雍正三朝皇帝对宗教的“用”，再到乾隆时期对宗教的“玩”，都可以看出宗教在这个时期一步一步走向衰落。

尽管如此，老百姓并不是可以任意出家的。《大清律例》明文规定：“凡僧道不给度牒，私自簪剃者，杖八十；若由家长，家长当罪；寺观住持及受业师私度者，与同罪，并还俗；凡僧道擅收徒弟，不给度牒，及民间子弟户内不及三丁，或在十六以上而出家者，俱枷号一个月，并罪坐所由；僧道官及住持知而不举者，各罢职还俗。”

史料记载，顺治二年（1645）清王朝禁止京城内外擅造寺院佛像，建造寺院须由礼部允许。在此基础上，统治阶层要求原有的寺院和佛像不可销毁，不可以私自剃度僧尼，准备出家的信众必须由朝廷先颁发度牒方可出家，在这项对宗教规定的条例上来看，清王朝主颁布这条规定主要是担心那些和尚和道士逃丁税。直到乾隆四年（1739）以后，在人口增加的同时，私度僧尼人数也随之增加，朝廷也一时难以排查和补发度牒。自乾隆十九年（1754）起，通令取消官给度牒制度，僧道出家的人数急剧增加。

在这个大环境的影响下，曹雪芹所创作的《红楼梦》中，也涉及很多小说角色的出家过程。在文学的渲染下，这些角色的出家因缘各不相同，也反映出众生的福德不同，出家的愿力和根基不同。

薛宝钗、林黛玉，菩萨的分身

“一切众生，皆具如来智慧德相，但因妄想执着，不能证得。”佛陀证道前的一句话正是整个大观园众生的写照。

在《红楼梦》中，薛宝钗和林黛玉这两位女性都极具特色，少了谁都显得有所缺憾。从作者的角度来讲，林黛玉和薛宝钗都是作者喜爱的，就连两人的判词也都出现在同一首词中。可见，作者曹雪芹是把同一个人分为两个角色去写的。

“可叹停机德，堪怜咏絮才。玉带林中挂，金簪雪里埋。”这里引用了一个典故，《后汉书·列女传·乐羊子妻》中有个叫乐羊子的人，读书做官都没有恒心，往往是做到一半就不做了。一天乐羊子回到家中，正在织布的夫人忽然把织线割断，停了织布机，并以此为例劝诫丈夫乐羊子做事情要有恒心，否则就是半途而废的失败者。“停机德”的典故是在讲薛宝钗，这位女性是符合封建妇道标准的贤妻良母的形象。她在贾宝玉身边，所担当的任务就是劝诫贾宝玉专研经济仕途之道。薛宝钗正如典故中的乐羊子夫人一般，骨子里透出女性道德力量的刚性，这是一般女子难以做到的。“咏絮才”同样是一个典故，在《世说新语》中，有一位非常有才华的女子叫谢道韫。在一次下雪的日子里，谢安问身边的人：“白雪纷纷何所似?”身边的人都在思索着如何去形容这雪。有人勉强把飘雪比拟成空中撒着盐，而谢道韫娓娓道来：“未若柳絮因风起。”这一贴切的比喻赢得了谢安的赞赏。这里是以谢道韫之才形容林黛玉。林黛玉非常有才华，她多次写诗夺魁，确实值得赞叹。

曹雪芹是一个美的发现者，“可叹停机德”和“堪怜咏絮才”

都是在赞叹，然而在赞叹的同时，我们看到了残缺，薛宝钗的美是传统善良女人的美，林黛玉的美是惊世才华的美，这两种美却被拆分到两个人身上，而只有两人统一才是完整的美，若二者分开，这种美也只是残缺的美。

然而，正是这种分离与结合，让薛宝钗和林黛玉共同度化贾宝玉一人。在《红楼梦》中最具灵气的女子当属林黛玉，她的聪慧可以说是无人能比的，这位颇有宿慧的人物，却习气缠绵，情执太深。如同一切众生皆具佛性，只不过妄想执着，情执烦恼而不能证得，无法解脱罢了。用佛家的角度来看，林黛玉代表着慈悲，虽有救济之心，但因妄想执着烦恼不能消除，显得心有余而力不足；薛宝钗代表着智慧，虽有出世之愿，在人世中左右逢源，但心机难平、愿力不足。而她们若合二为一，那么就完善了。她们可以说是菩萨的分身，行两种方便法门。

薛宝钗的执着之心

薛宝钗执着之心太过猛烈，与贾宝玉相伴的时光中，多次提出让宝玉专研经济仕途之经典。在第一百一十八回，薛宝钗和贾宝玉的对话，再次印证了薛宝钗的心性。

（贾宝玉）正拿着《秋水》一篇在那里细玩。宝钗从里间走出，见他看的得意忘言，便走过来一看，见是这个，心里着实烦闷，细想他只顾把这些出世离群的话当作一件正经事，终久不妥。

在薛宝钗的骨子里，虽然热衷于禅悦之风，但是潜意识里还是认为佛教内典语中的思想是移情移性的，这在第二十二回“听曲文宝玉悟禅机”即有深刻的体现。由于史湘云说戏子像林黛玉，发生了一系列误会，让贾宝玉吃力不讨好，贾宝玉于是写了一偈和一支《寄生草》的曲子来表达自己的想法。薛宝钗看到后，说出了这样一句话：“这个人悟了！都是我的不是，都是我昨儿一支曲子惹出来的，这些道书禅机最能移性，明儿认真说起这些疯话来，存了这个意思，都是从我这一只曲子上来，我成了个罪魁了。”说着，薛宝钗便撕了个粉碎，递与丫头们说：“快烧了罢。”

从薛宝钗“都是我的不是”的自责到“一支曲子惹出来的”懊恼，再到“道书禅机最能移性”的责备，最能看出薛宝钗从骨子里排斥佛教明心见性的思想。特别是从薛宝钗把纸张撕了个粉碎的举动，我们不难发现，这位极具传统女性美的薛宝钗有高度的圣人思想，难以脱离仕途的人情练达之礼，薛宝钗的思想掺杂着孔孟经典、宋明理学、明清八股的“仕途”思想。即使是出世，薛宝钗也不算是真正的出世，这种出世多是为入世的往来作铺垫。

接下来薛宝钗和贾宝玉的对话，以贾宝玉的淡泊情怀为衬托，更能看出薛宝钗的“圣人”思想：

宝钗道：“我想你我既为夫妇，你便是我终身的倚靠，却不在情欲之私。论起荣华富贵，原不过是过眼烟云；但自古圣贤，以人品根柢为重。”宝玉也没听完，把那书本搁在旁边，微微的笑道：“据你说人品根柢，又是什么古圣贤，你可知古圣贤说过‘不失其赤子之心’！那赤子有什么好处，不过是无知无识，无贪无忌。我们生来已陷溺在贪嗔痴爱中，犹如污泥一般，怎么能跳出这般尘网！如今才晓得‘聚散浮生’四字，古人说了，不曾提醒一个。既要讲到人品根柢，谁是到那太初一步地位的！”宝钗道：“你既说赤子之心，古圣贤原以忠孝为赤子之心，并不是遁世离群，无关无系为赤子之心。尧舜禹汤周孔时刻以救民济世为心，所谓赤子之心原不过是‘不忍’二字。若你方才所说的忍于抛弃天伦，还成什么道理！”

薛宝钗的话我们可以分为两层：第一层贾宝玉和她之间已经没有了周公之礼，这让薛宝钗为贾宝玉的无欲无求所担心；第二层是家族的起伏变化，让薛宝钗不得不行相夫教子的“相夫”之举。薛宝钗说“人品根柢为重”，只不过是其入世之愿的美化包装罢了。贾宝玉反驳人品根柢无非是无知无识、无贪无忌，直接拆穿薛宝钗的想法，从这里可以看出，薛宝钗有入世思想，且这种思想多在仕途道路上，是不能做到在淤泥的世间保持清净本性的。

宝玉点头笑道：“尧舜不强巢许，武周不强夷齐。”宝钗不等他说完，便道：“你这个话益发不是了。古来若都是巢许夷齐，为什么如今人又把尧舜周孔称为圣贤呢？况且你自比夷齐，更不成话。伯夷叔齐原是生在商末世，有许多难处之事，所以才有托而逃。当此圣世，咱们世受国恩，祖父锦衣玉食；况你自有生以来，自去世的老太太以及老爷太太视如珍宝。你方才所说，自己想一想是与不是！”宝玉听了也不答言，只有仰头微笑。宝钗因又劝道：“你既理屈词穷，我劝你从此把心收一收，好好的用用功。但能博得一第，便是从此而止，也不枉天恩祖德了。”

“尧舜不强巢许，武周不强夷齐”这句是有典故的。“巢许”是巢父和许由两人的并称。相传巢父和许由是尧时期的人，两人颇具才能却隐居不仕，尧知道后多次邀请却避而不受，后人于是将“巢许”作为隐士的代称。“夷齐”是《史记·伯夷列传》中的人物，伯夷、叔齐，孤竹君之二子也，面对王位传承，伯夷、叔齐相互谦让，宁可远离父母之邦，也要遵守礼义，互相推让王位。他们以仁义为先、利益居后的举动，赢得了后人的赞赏。

从薛宝钗和贾宝玉的对话中，我们可看出薛宝钗推崇尧舜武周时代的济世治国的仕途之道，一味反对巢许夷齐不争的淡泊之举，再次印证了薛宝钗的入世思想是仕途经济之道。同时在薛宝钗和贾宝玉的日常生活中，很多地方都可以看出薛宝钗在闲情文化上有禅悦之风，但在骨子里还是比较反感佛教的，如第一百一十五回：

正要坐下静静心，见有两个姑子进来，宝玉看是地藏庵的，来和宝钗说：“请二奶奶安。”宝钗待理不理的说：“你们好。”因叫人来倒茶给师父们喝。宝玉原要和那姑子说话，见宝钗似乎厌恶这些，也不好兜搭。

薛宝钗不管经历了什么，哪怕是到最后贾宝玉舍弃她而出家，她都不能看破。她的思想被仕途牵绊着，被孔孟之道影响着，不得不说这是中国封建环境下一代又一代女性的传统思想。

泪已尽，林黛玉可否看破离尘

至于林黛玉为什么不能出家，要解答这个疑问，也需要我们去解读这位超然的女性的人生。

林黛玉和贾宝玉同样有着反仕途经济之心，除了知心之交，也正是这个共同点让他们成了知己。

林黛玉的佛缘在《红楼梦》中是通过对话体现出来的。如第三回：

黛玉笑道："我自来是如此，从会吃饮食时便吃药，到今未断。请了多少名医，修方配药，皆不见效。那一年，我才三岁时，听得说来了一个癞头和尚，说要化我去出家，我父固是不从。他又说：'既舍不得他，只怕他的病一生也不能好的。若要好时，除非从此以后，总不许见哭声；除父母之外，凡有外姓亲友之人，一概不见，方可平安了此一世。'疯疯癫癫，说了这些不经之谈，也没人理他。如今还是吃人参养荣丸。"

儿时读这些对话的时候，总把立足点放在文学的角度上，认为中国的文学作品大有玄机，现在再用佛教的观点去体悟林黛玉这句话的时候，便觉得大有深意。我们先思考林黛玉的前世和今生，前世林黛玉是一株绛珠草，受了贾宝玉前世的灌溉得以延续生命，修炼成人，今世为了还前世的灌溉之恩，以泪报恩下凡历劫，把这层原因分析透了，才知道林黛玉这病是前世今生的纠缠。

林黛玉的病是心病，明白人都能看得明白。与其说是心病，倒不如说是贪嗔痴中的"痴"病。大家可知这个"痴"字了得，拆字分析来看，病字头下面一个"知"字，我们可以理解为"白痴"和"痴情"，这个字是有双面性的。而"痴"的繁体字在病字头里面是"怀疑"的"疑"字。在这里作者用了非常微妙的文字手法来写林黛玉的病，这种病就是人与人之间的缘分。有些时候，那些微妙的事物是我们所不能解释的。在这些不可解释的诸缘中，人与人之间有着不可预知的牵连。

人的造化在一些细微之处都可见玄机。比如癞头和尚说林黛玉的病若要好时，除非从此以后总不许见哭声。林黛玉此生是来还泪的，可见是做不到的。癞头和尚度化她出家，父母不同意，折中的办法就是除父母之外，凡有外姓亲友之人，一概不见，方可平安了此一世。可见林黛玉这病是多么的纠缠和挣扎。她的病纠缠在放不下的前世情缘上，挣扎在今世的苦苦纠缠中。后来林黛玉的母亲去世，她不得不投靠亲戚贾母。林黛玉的病看来是好不了了，从癞头和尚的一番话和林黛玉的遭遇，林黛玉的不治之症是可预知的。

再回头参悟癞头和尚话中的机锋，因林黛玉有病欲化出家，可见林黛玉需要看破、放下才能出家，这种病才能好。也就是说，需要看破前世的情和恩，放下我情我愿的小我，放下今生的纠缠，解脱于心性的执念。然而，林黛玉放不下情缘的纠缠，也没有出家。在《红楼梦》诸多的人物中，妙玉刚好是林黛玉的对照，妙玉的背景是借林之孝家的之口引出来的。

又有林之孝家的来回，采访聘买得十二个小尼姑小道姑都有了，连新作的二十分道袍也有了。外有一个带发修行的，本是苏州人氏，祖上也是读书仕宦之家。因生了这位姑娘自小多病，买了许多替身儿皆不中用，足的这位姑娘亲自入了空门，方才好了，所以带发修行。今年才十八岁，法名妙玉。如今父母俱已亡故……

单在这一点上，林黛玉的造化在起点上就输给了妙玉。所谓的历劫，就是面对的那些劫难是需要我们去经历的。林黛玉对贾宝玉的痴情，总是在这些意外的劫难中重生，然后在各自的经历中体验生命的觉悟和真谛。第二十三回标题“西厢记妙词通戏语，牡丹亭艳曲警芳心”就已经隐藏着机锋。

只是林黛玉素昔不大喜看戏文，便不留心，只管往前走。偶然两句只吹到耳内，明明白白，一字不落，唱道是：“原来姹紫嫣红开遍，似这般都付与断井颓垣。”林黛玉听了，倒也十分感慨缠绵，便止住步侧耳细听，又听唱道是：“良辰美景奈何天，赏心乐事谁家院。”听了这两句，不觉点头自叹，心下自思道：“原来戏上也有好文章。可惜世人只知看戏，未必能领略这其中的趣味。”

《牡丹亭》原著妙笔生花，婉转袅娜的昆曲曲调唱出来更有意味，林黛玉耳福不浅，在梨香院墙角边听到第十出《惊梦》：“原来姹紫嫣红开遍，似这般都付与断井颓垣。良辰美景奈何天，赏心乐事谁家院。”

“如花美眷，似水流年。是答儿闲寻遍。在幽闺自怜。小姐，和你那答儿讲话去。去哪里？转过这芍药栏前，紧靠着湖山石边。秀才，去怎的？和你把领扣松，衣带宽，袖梢儿揾着牙儿苫也，则待你忍耐温存一晌眠。”当林黛玉听到这些的时候，她的反应是不觉心动神摇。又听到“你在幽闺自怜”等句，亦发如醉如痴，站立不住，便一蹲身坐在一块山子石上，细嚼“如花美眷，似水流年”八个字的意味。忽又想起前日见古人诗中有“水流花谢两无情”之句，再又有词中有“流水落花春去也，天上人间”之句，又兼方才所见《西厢记》中“花落水流红，闲愁万种”之句，都一时想起来，凑聚在一处。

林黛玉是有悟性的，其实只看她观闻《牡丹亭》这一章节是不够的。我们再回头看看，本章节的标题“西厢记妙词通戏语，牡丹亭艳曲警芳心”，这个“警”字就一语道破天机，可见她是情思萦逗，春心大动，作者才用“警”字。贾宝玉在“太虚幻境”中领略到巫山之会，林黛玉在“游园惊梦”中领悟到云雨之欢，但是林黛玉比贾宝玉悟得更透，所以林黛玉感慨地说道：“原来戏上也有好文章。可惜世人只知看戏，未必能领略这其中的趣味。”这人生如戏、如梦、如幻、如泡影，你在笑谈别人的时候，别人也在嬉笑你的故事，林黛玉领悟到了“你方唱罢我登场”的道理。

《金刚经》云：“一切有为法，如梦幻泡影。”林黛玉叹息世人只知道看戏，却不知道自己也在演戏的无常，可见林黛玉已经警觉到了。林黛玉把禅悦的境界延伸到日常生活中，从根本处体验禅机，可见林黛玉的造化是一般人所不能及的。

林黛玉将禅悦和禅悟融入日常生活中，这种生活中的禅在林黛玉和贾宝玉的日常对话中时常体现，如第九十一回：

只见宝玉把眉一皱，把脚一跺，道：“我想这个人生他做什么！天地间没有了我倒也干净。”黛玉道：“原是有了我，便有了人，有了人便有无数的烦恼，生出来恐怖颠倒梦想，更有许多缠碍。……都是你自己心上胡思乱想钻入魔道里去了。”宝玉豁然开朗，笑道：“很是很是。你的性灵比我竟强远了，怨不得前年我生气的时候，你和我说过几句禅语，我实在对不上来。我虽丈六金身，还藉你一茎所化。”

在《金刚经》第十四品《离相寂灭分》有这么一句：“如是！如是！若复有人得闻是经，不惊、不怖、不畏，当知是人甚为希有。”正好印证了林黛玉这句“原是有了我，便有了人，有了人便有无数的烦恼，生出来恐怖颠倒梦想，更有许多缠碍”。所谓的“离相”是佛教用语，即离开色相。唐朝诗人崔元翰在《奉和圣制中元日题奉敬寺》有这么一句：“离相境都寂，忘言理更精”；“寂灭”指度脱生死，进入寂静无为之境地，《增一阿含经》卷二十三（大二·六七二中）云：“一切行无常，生者必有死；不生必不死，此灭最为乐。”对生死之喧动不安而言，不生不死之寂静安稳即称为寂灭。

由此可见，林黛玉善于把握禅机的人生哲理，但是命运无常，谁曾想到林黛玉早早香消玉殒，但这并不代表林黛玉没有看破离尘。如果林黛玉没有往生，她一样可以像贾宝玉那样伴随古卷青灯。林黛玉的看破与悟道在她临终前焚稿的举动中就已经体现出来了。

（黛玉）道：“我的诗本子……”说着，又喘。雪雁料是要他前日所理的诗稿……紫鹃料是要绢子，便叫雪雁开箱，拿出一块白绫绢子来。黛玉瞧了，撂在一边，使劲说道：“有字的。”……（黛玉）便叫雪雁点灯。雪雁答应，连忙点上灯来。黛玉瞧瞧，又闭了眼坐着，喘了一会子，又道：“笼上火盆。”……黛玉这才将方才的绢子拿在手中，瞅着那火点点头儿，往上一撂。紫鹃吓了一跳，欲要抢时，两只手却不敢动。雪雁又出去拿火盆桌子。此时那绢子已经烧着了……（黛玉）回手又把那诗稿拿起来，瞧了瞧，又撂下了。紫鹃怕他也要烧，连忙将身倚住黛玉，腾出手来拿时，黛玉又早拾起，撂在火上……看见黛玉一撂，不知何物，赶忙抢时，那纸沾火就着，如何能够少待，早已烘烘的着了。雪雁也顾不得烧手，从火里抓起来撂在地下乱踩，却已烧得所余无几了。那黛玉把眼一闭，往后一仰，几乎不曾把紫鹃压倒。紫鹃连忙叫雪雁上来将黛玉扶着放倒，心里突突的乱跳。

自古以来“黄叶无风自落，秋云不雨长阴”，万事万物都会有它的缘起缘灭，来时不拒去时不留，方可自在。林黛玉做到了，因为她明白了情到深处情转薄的道理。随着贾宝玉和薛宝钗完成结发之礼，林黛玉看破情字这一关。情语云：“当为情死，不当为情怨。关乎情者，原可死而不可怨者也。”这里的“死”并不是死亡，而是息心、舍弃，正所谓“息心即是息灾，心净则国土净”。林黛玉选择了面对感情息心，这份割舍之心让林黛玉解脱了，凋谢了。林黛玉的凋谢是“寂灭”，是进入寂静无为之境地。

妙玉和黛玉，生命的两种态度

“原来戏上也有好文章。可惜世人只知看戏，未必能领略这其中的趣味。”这是林黛玉在听完《牡丹亭》戏曲之后发出的感慨，此时林黛玉的生命得到了升华，她让我看到了生命的两种态度。《红楼梦》一直有两个“我”在反反复复地出现，然后去印证我们生命的两种态度。曹雪芹指出了两个人，一个是黛玉，另一个是妙玉。曹雪芹是把一个人的命运分成两个道路去写，然后妙玉就替代了另外一个黛玉，而作者对黛玉的留白，让我们自己去领略生命的趣味。

黛玉和妙玉有很多相似的地方，如两人的性格都让常人不能理解，两人都是自小多病。黛玉葬花的“洁”和妙玉厌恶刘姥姥的“洁”，在生命的本质上，她们两人都有共通点，黛玉和妙玉两人虽有相同的地方，但是她们两人分别站在了生命的两个方向。

世人都喜欢游戏人间，所以是非就出来了，是非出来了，妄想和颠倒梦想就出来了，妄想出来了，是非猜疑便出来了，然后就是贪嗔痴。如同林黛玉，很多人都为她感到惋惜，认为这样的一个女子为情而死，是一件非常可惜的事情。幼年读《红楼梦》，我也曾经想过：如果林黛玉出家了，该多好啊！《红楼梦》的绝妙之处就在于你的“如果”永远被作者提前预知。

人生因为种种放不下，便有了选择。如同黛玉和妙玉一样，黛玉和妙玉都有与生俱来的病，这种病都是需要出了家才能好。然而，黛玉选择了继续留在尘世之间，带着病痛的纠缠和痛苦一直走到生命的终点，而妙玉则选择遁入空门。

在生命的是是非非之中，每个人的生命迹象都会有所不同。同一个起点的两个人，在不同的生命态度中，将完成不同角色的使命。虽然最后黛玉和妙玉的结局不尽如人意，但是生命的两种态度一直在告诉着我们，不管是假想还是现实，尝到滋味便是满足。

惜春，自了汉的小乘思想

清人王雪香在《石头记论赞》中有这样一句话：“人不奇则不清，不僻则不净，以知清净法门，皆奇僻性人也。惜春雅负此情，与妙玉交最厚，出尘之想，端自隗始矣。”在大观园里的确有这样的一号人物，她与出家人交往最为频繁，却天性孤僻冷然，心冷口冷。

惜春的人生被定格在一幅画里，画的是“一所古庙，里面有一美人，在内看经独坐”。惜春的判词是“勘破三春景不长，缁衣顿改昔年妆。可怜绣户侯门女，独卧青灯古佛旁”。这预示了惜春出家的结局。

惜春的个性多半是受家庭的影响，母亲的早逝、父亲的好道而置她于不顾，造成了惜春心冷口冷、心狠意狠的个性。在这个没有依靠的大家族里，惜春这样的心理无非是出于自保。然而，这种长久的冰封让惜春骨子里透露出一种冷然。

《红楼梦》一半是成人眼中的世界，一半是孩童的世界，如果细心去了解惜春这个角色，我们可看出，在整个大观园中，惜春是接触出家人最为频繁的一个人。如第七回：

周瑞家的便把花匣打开，说明原故。惜春笑道："我这里正和智能儿说，我明儿也剃了头同他做姑子去呢，可巧又送了花儿来。若剃了头，可把这花儿戴在那里！"说着，大家取笑一回，惜春命丫鬟入画来收了。

之所以惜春会与出家人有这样的因缘，完全是因为自己的身世和家族的人情世故，以及出于自保的考虑。和出家人交往，惜春才会摘下自己孤僻的面具，这也是她与妙玉趣味相投的原因所在。惜春一直清心寡欲，除了经常和妙玉下棋，还时常作画，这些爱好可以说都是怡情养性的闲情文化。惜春在生活中自然会受到谈禅论道的熏陶和佛学的影响。在第十八回"皇恩重元妃省父母"中，众女子题一匾一诗，虽然惜春不擅长诗文，但在这一处的文章大有禅悦之风："出水横拖千里外，楼台高起五云中。园修日月光辉里，景夺文章造化功。"山水楼台不在人间，仿佛来自天外，园林也别致缥缈，惜春的字里行间流露出"空渺"的洒脱和一股飘逸之情，那种见景不见人，只缘身在此句中的感觉浑然天成，"千里外"和"五云中"好像深藏着名刹古寺，禅意悟性似乎有王维之遗风。

惜春的结局是出家了，但是惜春的出家多半是由家族的败落、自己逃避抗争的心理所导致的。在出家这个决定上，惜春和贾宝玉有相同的地方，那就是不惜以死相求，但这并不代表惜春是看破放下，这与高鹗续写中惜春处处与封建势力相反抗、不妥协的举动相呼应。惜春的出家可以说是她寻求自我解脱，而非发大愿力。惜春的这种小乘佛教思想在第七十四回“矢孤介杜绝宁国府”中毫无保留地体现出来。

惜春道：“状元探花，难道就没有糊涂的不成？可知他们有不能了悟的更多。”尤氏笑道：“你倒好，才是才子，这会子又作大和尚了，又讲起了悟来了。”惜春道：“我不了悟，我也舍不得入画了。”尤氏道：“可知你是个冷口冷心的人。”惜春道：“古人曾也说的，‘不作狠心人，难得自了汉。’我清清白白的一个人，为什么教你们带累坏了我。”

惜春的丫鬟入画被抄了不少东西，惜春不分缘由便说：“你们管教不严，反骂丫头。这些姊妹，独我的丫头这样没脸，我如何去见人！昨儿我立逼着凤姐姐带了他去，他只不肯。我想，他原是那边的人，凤姐姐不带他去，也原有理。我今日正要送过去，嫂子来的恰好，快带了他去。或打或杀或卖，我一概不管。”可见惜春的心冷意冷。

“不做狠心人，难得自了汉”中的“自了汉”是有典故的。黄檗希运在天台游玩时，碰到一个举止奇怪的同参，两人一见如故，便结伴而行。当两人走到小河前时，正逢河水暴涨。那个同参和尚只顾自己渡过河对岸，黄檗便叫道："你这个只知道顾自己的人，如果我早知你如此，便把你的脚跟砍断。"那同参被黄檗骂声所感动，感叹地说："你真是位大乘的法器，实在说，我不如你啊！"

这个典故体现了小乘和大乘之别，小乘重自度，而大乘重度他。惜春这种遇到问题只会做甩手掌柜的个性，明显是小乘佛教的思想。小乘佛教追求的是个人的自我解脱，而在《红楼梦》中惜春的这种"自我解脱"明显是在逃避问题。

尽管如此，这并不代表惜春没有佛教情感和造诣。如第八十七回，惜春听闻妙玉打坐走火入魔，便发出一番感慨：

"妙玉虽然洁净，毕竟尘缘未断。可惜我生在这种人家不便出家，我若出了家时，那有邪魔缠扰，一念不生，万缘俱寂。"想到这里，蓦与神会，若有所得，便口占一偈云："大造本无方，云何是应往？既从空中来，应向空中去。"占毕，即命丫头焚香，自己静坐了一回。又翻开那棋谱来，把孔融王积薪等所著看了几篇。

从惜春的这些举动中，我们可以看出她渐渐明白万物是脆弱、空虚和梦幻的。"大造本无方，云何是应住？既从空中来，应向空中去。"这一偈是颇有禅意。"大造本无方，云何是应往"，意思是大愿力造就万物原本无迹可寻，有什么值得我们去留念的呢？"既从空中来，应向空中去"更有机锋味道。禅宗案例中问答原本有"从来处来，向去处去"的机锋语，结合原意，我们可以理解为即从空到有，再由有到空，恰恰和太虚幻境中对联"假作真时真亦假，无为有处有还无"相对应。

尽管惜春的造化只是停留在"自了汉"的小乘佛教境界，但是她的物质不灭、空能生有的禅悦之情对于她而言还是有造化的，虽然她最后出家了，但是她的禅悦境界没有落实到修行的实质上去。

黛玉葬花，生命的一次忏悔和开悟

黛玉葬花，是一幅唯美的画面。在第二十七回中，曹雪芹讲述了对生命的两种态度，一种是“宝钗扑蝶”，另一种是“黛玉葬花”，分别写出两位不同命运的女人对生命的不同见解。

春天来了，许多生命都值得我们去歌颂。古人和现代人的表达方式是不同的，比如芒种节到了，闺中的少女都会打扮得漂漂亮亮，把各种美好的东西系在花枝上，称为“送春”，表达她们对自然的热爱和歌颂。然而，在这样的画面中，黛玉没有出现。在这个繁花盛开和簇锦团花的景色之外，黛玉葬花显得格外凄美。

或许每个人在自己的生命中都会有一次属于自己的“黛玉葬花”，或歌颂友谊，或歌颂美好，但是林黛玉的葬花却不是歌颂自己，而是对生命的一种感叹和忏悔。

同样，“宝钗扑蝶”和“黛玉葬花”仍然是作者在写生命的两种状态，正是因为在现实生活中我们无法这么完美和两全，所以作者把所希望的角色拆分为宝钗和黛玉两个角色来诠释。宝钗永远是儒家世界的人，坚守一切伦理纲常，处于人情练达的入世状态；而林黛玉永远是逍遥、极具前瞻性的，她永远在自己的世界中若有所思、若有所悟，作者永远无法在两者之间做出选择。

春天来了，花开了，蝴蝶飞舞，当所有人沉浸在这美丽之中时，只有林黛玉感知到美丽是虚幻而短暂的。林黛玉对生命现象的感悟是非常透彻的，她能感悟到生命的空幻和虚无，人生命运的无常与因果，所以她在这美丽的季节独自一人葬花，为自己的生命完成了一次伟大的忏悔和开悟。

“花谢花飞花满天，红消香断有谁怜？”你是否有过这样的经历？曾经在乎的东西，转眼间没有了，然后随着时间的远去，你对这个东西的记忆会渐渐淡去。林黛玉和贾宝玉相反，因为她喜散不喜聚，因为她深知成、住、坏、空的人生四劫。

“游丝软系飘春榭，落絮轻沾扑绣帘。”这是常见的花絮飘飞的景象。把生命寄托在他物之上，是多么的飘零。这种无主的事物格外让人惋惜，如同我们的生命，不要以为躯体是我们终生的依靠，其实那是愚不可及的想法。林黛玉讲的正是生命的无常。

“闺中女儿惜春暮，愁绪满怀无释处。手把花锄出绣帘，忍踏落花来复去。”凡人之所以是凡人，原因在于他的情绪完全被外物所牵引。黛玉葬花之所以成为《红楼梦》的经典片段，很大部分取决于黛玉对生命空无的感叹让大家产生共鸣。凋零是一种美，但是通过黛玉葬花的举动，在这种美的背后你也会发现人生的残缺。林黛玉埋葬的不是花朵而是生命，她的葬花之举是对生命的一种忏悔。

“柳丝榆荚自芳菲，不管桃飘与李飞。”我们用两种心态来体验这种生命的状态。林黛玉说春夏交替之际，桃花和李花都谢了，但是柳结丝了，榆结荚了，林黛玉有意在暗示她生命中已经经历的事情，比如秦鲸卿夭逝黄泉路的同时，喜闻贾元春被选为凤藻宫一职。在这悲喜交集的人事当中，这种你我与他不相干的人事经历，真的像《葬花词》中桃花李花飘落，柳自然成结，榆自然结荚，人情和生命互不影响。同时这也是一种乐观的人生态度，人之所以痛苦，是因为我们干预得太多，身上的包袱太多，我们伤感的、感叹的、感悟的往往都是与我们生命本质无关的，这里说的不是冷漠，而是我们过于追求外在。每每读到这里，我觉得这句话是在诠释“赤条条来去无牵挂”，同时也是《好了歌》很好的注解。

林黛玉依着葬花的举动，作了一首《葬花词》，通过对“柳丝榆荚自芳菲，不管桃飘与李飞”这两种心态的解读，她完成了生命的一次忏悔和开悟。第一种心态解读，在人情反复中忏悔；第二种心态解读，在内心探求和解脱中开悟。林黛玉是一位伟大的女性，她在迷情与觉悟之间体验生命的不同状态。

“桃李明年能再发，明年闺中知有谁？”或许这就是生命的一种预示，不仅预示了黛玉的命运，同时也诉说着生命的无常。黛玉葬的不是花，而是自己，她是在诗句中为自己的命运追悼，这是对生命无常的一种强烈的意识。

“三月香巢已垒成，梁间燕子太无情。明年花发虽可啄，却不道人去梁空巢也倾。”我认为这两句完全体现出了林黛玉的独具慧眼。林黛玉在描述一个生命的现象，燕子在阳春三月的日子里，在梁下筑巢，到了季节转换时就飞走了。其实，在我们生命的本质中，如同林黛玉所说的那样，生命走到最后，都是“人去梁空巢也倾”。

林黛玉看明白的不仅仅是生命的本质，同时也看明白了人事的反复无常。“梁间燕子太无情”就讲了这世间的悲与苦、冷与暖。读到这里，我忽然想起一句诗：“旧时王谢堂前燕，飞入寻常百姓家。”诗句讲的是东晋王导、谢安两家的堂前紫燕，因为两大家族的败落，而今却飞入寻常老百姓之家。燕子就像人一般，易变主人也是如此。林黛玉在讲人情虚幻的一种现象，同时也在讲人情悲苦的一种现象，到头来都是大梦一场空。

“一年三百六十日，风刀霜剑严相逼，明媚鲜妍能几时，一朝飘泊难寻觅。花开易见落难寻，阶前闷杀葬花人，独把花锄泪暗洒，洒上空枝见血痕。”在佛法的沐浴之下我感动了，生命纯属不易，在风刀霜剑之下，我们的生命还在持续着。当这一幕幕上演之后，明媚鲜妍的繁华之后，生命的寂灭便开始了。人们只看到花开的繁华，却不曾领悟花落难寻的寂灭。林黛玉这是在注解《好了歌》，生命如同唱戏，不管你是哪个角色，总会从热闹到安静，从繁华到落寞，到头来还不是《好了歌》中“你方唱罢我登场”的反复无常。

“杜鹃无语正黄昏，荷锄归去掩重门。青灯照壁人初睡，冷雨敲窗被未温。怪奴底事倍伤神，半为怜春半恼春。怜春忽至恼忽去，至又无言去不闻。”和林黛玉一样，我们会无端感慨身边一切不可挽留的事物。林黛玉在讲虚幻，这些虚幻的东西都是留不住的，但是人们明明知道留不住，却还是让它们影响着我们的心境。

“昨宵庭外悲歌发，知是花魂与鸟魂？花魂鸟魂总难留，鸟自无言花自羞。”生命中有些东西是我们无法用言语表达的。生命的表达方式有多种，比如孤独，每个人内心的世界都有孤独的一面，很多人由于种种原因无法填补孤独的一面。在林黛玉的世界中，虽然有孤独，但她把这种孤独升华为寂灭，由此我们感到了欣慰。

“愿奴胁下生双翼，随花飞到天尽头。”我最喜欢的就是这句，这里讲的是期望，正是因为在现实生活中我们的种种欲望无法满足，所以便有了梦想，但是现实和梦想可能是相反的，所以我们勾勒出来的梦想逐渐被颠倒，这是现实和虚幻之间的写照。

“天尽头，何处有香丘?”这不仅是林黛玉在质问生命，也是众生在生命的虚幻中不肯面对的一个现实。“香丘”是指女性的坟墓，《葬花词》中因为有了这句反问，忽然多了几分豁达，关键是你站在什么角度去看待生命现象。古人言“耳目宽则天地窄”，我们的眼界宽了，这个世界就变窄了，其实还是在讲我们的心，我们的心若不动，这大千世界岂能由我们来衡量？那么“香丘”何在就不再是生命中的困惑。如果心中没有沧海之量的慈悲和智慧，我们往往都是无知。

“未若锦囊收艳骨，一抔净土掩风流。”每个人的心中，都会期待生命的完美，其实每个人的内心世界都渴望干净。《葬花词》之所以成为经典，我相信是因为林黛玉引起了我们对善良的共鸣，还有对内心“清净”世界的期待。

“质本洁来还洁去，强于污淖陷渠沟”一句让我想起了一则公案。二祖有意嫌弃三祖是一个长了烂疮的和尚。三祖说：“我是一个长了烂疮的和尚，你是一个干净的和尚，可我们的佛性有差别吗？”其实，林黛玉《葬花词》的这句话就特别有这个禅悦的味道，外表的烂疮总比心内世界的烂疮要好得多，内心的清净是有来有去的。

“尔今死去侬收葬，未卜侬身何日丧”一句有种“你方唱罢我登场”的感觉。这种无常的生命每一个人都躲避不了，这就是因果。

“侬今葬花人笑痴，他年葬侬知是谁？”这在讲无常的同时，也在讲我们的痴迷和执着，如同甄士隐注解的《好了歌》中一句“正叹他人命不长，那知自己归来丧”。黛玉葬花的行为往往如同那些打破常规的、我们不能理解的事情，却让我们看到了生命的本质，或许这些打破常规的事物就是最完美的。

“试看春残花渐落，便是红颜老死时。一朝春尽红颜老，花落人亡两不知。”繁华过后，一切寂灭之后，什么都没有了，还原了虚幻的世界，这一切都在凋零中回归了！

我们再回头看黛玉作的《葬花词》：

花谢花飞花满天，红消香断有谁怜？
游丝软系飘春榭，落絮轻沾扑绣帘。
闺中女儿惜春暮，愁绪满怀无释处，
手把花锄出绣帘，忍踏落花来复去。
柳丝榆荚自芳菲，不管桃飘与李飞。
桃李明年能再发，明年闺中知有谁？
三月香巢已垒成，梁间燕子太无情。
明年花发虽可啄，却不道人去梁空巢也倾。
一年三百六十日，风刀霜剑严相逼，
明媚鲜妍能几时，一朝飘泊难寻觅。
花开易见落难寻，阶前闷杀葬花人，
独把花锄泪暗洒，洒上空枝见血痕。
杜鹃无语正黄昏，荷锄归去掩重门。
青灯照壁人初睡，冷雨敲窗被未温。
怪奴底事倍伤神，半为怜春半恼春：
怜春忽至恼忽去，至又无言去不闻。
昨宵庭外悲歌发，知是花魂与鸟魂？
花魂鸟魂总难留，鸟自无言花自羞。
愿奴胁下生双翼，随花飞到天尽头。
天尽头，何处有香丘？
未若锦囊收艳骨，一抔净土掩风流。
质本洁来还洁去，强于污淖陷渠沟。
尔今死去侬收葬，未卜侬身何日丧。
侬今葬花人笑痴，他年葬侬知是谁？
试看春残花渐落，便是红颜老死时。
一朝春尽红颜老，花落人亡两不知。

宝钗扑蝶，繁华只是生命的一种虚幻

我经常说，《红楼梦》有一个非常有趣的现象，那就是不断地对比。曹雪芹在对比的手法中，不停地展现生命的两种现象。

作者最先写春天的繁华，宝钗扑蝶也写得非常唯美动人。但是曹雪芹不会让你完全陶醉在其中，而是在繁华的背后，通过黛玉葬花，让你体悟生命落幕的寂灭。

我们来给第二十七回画一幅人生阶段图，你会发现这一段写得非常有意思。

春天万物生发，可以比拟成生命的开始；然后就是宝钗扑蝶，可以比拟成生命成长过程中的追寻与向往；接着是宝钗在扑蝶过程中偶遇小红，遇到了一些意想不到的插曲，并用巧方法去处理，就好比我们成长过程中遇到的是是非非；再接着是小红在王熙凤面前的表现，就好比我们在生命成长过程中遇到的各种争取和占有；最后就是黛玉葬花，繁华总有一天会落幕，这就是我们的人生。

我认为曹雪芹是一位伟大的思想家和哲学家，他的文字能够化无形为有形，《红楼梦》文字中的机锋就藏在这里。如果你能对此有所发现，那么生命的真谛就在这里，它还会让你感觉犹如禅宗大德开示那般，给你当头棒喝。在百花凋零的那一刻，黛玉葬花，原来是生命的一次忏悔和开悟；在繁华上演的时候，宝钗扑蝶，只不过是上演了繁华的一种虚幻。

接下来我们看宝钗是如何扑蝶的：

（薛宝钗）刚要寻别的姊妹去，忽见前面一双玉色蝴蝶，大如团扇，一上一下，迎风翩跹，十分有趣。宝钗意欲扑了来玩耍，遂向袖中取出扇子来，向草地下来扑。只见那一双蝴蝶，忽起忽落，来来往往，穿花度柳，将欲过河去了，倒引的宝钗蹑手蹑脚的，一直跟到池中滴翠亭上，香汗淋漓，娇喘细细。

每个读者阅读的视觉是不同的。有些学者认为，宝钗扑蝶，作者在刻意强调的是一位封建社会女性的美，而我却不这么认为。宝钗的扑蝶，是对生命的一种追寻，一上一下就是生命起伏的状态，当我们被现实的虚幻消磨殆尽之后，便是大汗淋漓，身心疲倦。对于这种解读，或者有人会打一个问号，那么我建议大家在看第二十七回的时候倒着看，先看黛玉葬花，再看宝钗扑蝶，这或许会让人想起开篇的《好了歌》，那便是“世上万般，好便是了，了便是好，若不了，便不好，若要好，须是了”，尽管繁华一时，终有了结的那一刻。

第八章 《红楼梦》的园林建筑与佛教思想的惬意

大观园的“幽”与寺院园林的“净”

我们看《红楼梦》每一回的故事情节，其实就是在看我们无常的人生，比如书中上一章节还在讲秦钟之死，下一回目就开始写宝玉在大观园中被父亲试才。与其说是《红楼梦》的章节跨越性太大，还不如反观我们自己人生轨迹的无常。秦钟死后，就是贾元春回来省亲，为此贾府建了一座很大的园林。

中国的园林建筑可分为儒家文化和老庄思想两种不同的风格。对称的建筑模式一般是儒家文化在园林建筑上的体现，通常是以单数开间，比如一开间、三开间、五开间。一般小家小户建造不起这样的园林工程，基本都是达官贵人才有这等财力。在封建社会的园林建筑上有着很明显的儒家礼制。这种礼制通常表现在君臣关系、夫妻关系、嫡庶关系中，我相信很多人都听过“正房”和“偏房”之说，在一夫多妻制的封建社会中，我们很容易通过园林建筑来判断一个人的地位和身份。在封建等级制度下，“礼”在封建社会的园林建筑中发挥着重要的作用。

“礼”是儒家园林建筑的一大特色，儒家园林建筑的整体风格是整齐有序。但是在这种园林建筑文化的压抑下，儒家的园林建筑显得了无生趣，它会让你下意识地感受到封建礼仪思想的束缚。园林建筑文化的另一种特色就是老庄思想，体现在建筑风格上就是贴近自然，与儒家文化的园林建筑相比，在笔直的园林道路中多了很多弯路。

荣国府、宁国府和大观园就是一个很明显的对比。荣国府、宁国府的建筑都是四四方方的，房屋建筑井然有序；而大观园里的道路很多都是弯弯曲曲的，园林建筑的景物线条大多是曲线。“天地与我并存，万物与我唯一”是老庄思想的重要体现。在《红楼梦》中作者描写的每一处景物，都似有似无地体现着这种文化和思想，同时也附有佛教的空灵特色。

其实，在中国古代建筑文化上，不仅融合了儒家和老庄的思想，佛教建筑思想也无形地渗透其中。

《红楼梦》第十七回，虽然是在写贾宝玉被父亲试才，其实是借此把人们自然而然地带入自然园林建筑中。在游园的这一章节，我们可以直接看到这本书中的两个世界，这两个世界就是条条框框的儒家世界和老庄思想的超然境界。荣国府和宁国府的建筑，永远都要去迎合诸多烦琐的礼仪，封建君臣主仆、男尊女卑的规矩，永远被井然有序、条条框框的建筑给束缚着。大观园就不一样了，这里完全是一个可以解放心灵、亲近大自然的空间。在大观园里，虽然有宽敞的直线，但是你可以完全不顾一切地去走曲线，这就是园林建筑文化的弹性。在这两个世界之中，大观园虽然可以归为老庄思想的世界，但它更多偏向于佛家的思想。

佛教禅宗是一门体验非纯粹的审美理念的学问，佛教禅宗的思想与园林艺术的审美感受有很多相似的地方，禅宗园林艺术要人摆脱外在世界对人心灵的约束与干扰，在大千世界中以本来面目示人。

在物质匮乏的空间中，精神世界却能饱满，佛教禅宗文化不仅仅是精神世界的充实，同时也是一种文化艺术的享受，禅宗文化能以一种多角度融合的态度来充盈人生和我们的周边世界。

不知道大家有没有发现，园林不仅可供人们娱乐和休闲，也是安抚心灵和疗伤的地方，所以寺院就成为大家常来常往的活动场所。有人说，大多数信众常来寺院是一种封建的迷信行为。对于这个观点，我基本是不赞同的。寺院不仅仅是宗教信仰传播的场所，同时寺院的园林建筑也有着自然的山水风光。西方人和我们东方人不同的地方就是，西方人遇到现实生活中不如意的事情，往往会求助神灵，而东方人一般是求助于山水。我们的山水画艺术之所以会如此闻名，在文学领域山水文字会如此盛行，园林建筑会如此受推崇，或多或少是因为佛教寺院园林在建筑的风格上融合了包容和惬意的主题，将社会、信仰、人文和自然有机地结合在一起。

在《红楼梦》第十七回中，就无形中把园林文化、文学审美、艺术审美与人们的心灵感悟结合在一起。

话说秦钟既死，宝玉痛哭不已，李贵等好容易劝解半日方住，归时犹是凄恻哀痛……贾珍先去园中知会众人。可巧近日宝玉因思念秦钟，忧戚不尽，贾母常命人带他到园中来戏耍。

可见园林真是我们在日常生活中劳累之后一个疗伤休息的好地方。曹雪芹虽然在本章节主要写了大观园的园林艺术建筑，但是《红楼梦》不管在写什么，都离不开艺术与文化、闲情与艺术。曹公在开篇就交代了贾宝玉逛大观园前后不同的心情，完全不是闲笔。

其实在我国园林建筑文化上，佛教寺院的园林建筑文化有着不可替代的位置。在寺院园林建筑这一块，如寺院的殿堂与僧人居住的地方，建筑与布局就非常考究，首先要考虑到信众烧香拜佛，同时也要提供世俗人游览观赏的园林。寺院园林不仅有宗教的庄严性，同时也有心灵的空灵性，所以很多人都会认为寺院园林是人间的“净土”。不管在古代封建社会还是当今社会，对于缺乏园林山水的都市而言，寺院园林都备受青睐。寺院园林建筑中以叠石为山，凿池引水，花草文化与色彩文化融入寺院园林建筑中，营造出自然园林景观。佛教的清规戒律的严肃性与寺院园林文化的包容性相结合，使得寺院园林自然而然给人一种神秘的感觉，这也是佛教寺院特有的文化氛围，是任何园林建筑艺术都无法替代的。

佛寺园林追求的是“净”，传统园林建筑追求的是“幽”。其实，“净”和“幽”就好像是你中有我、我中有你的事物一样，是不可区分开来的。如果非要硬生生地把园林建筑的“净”和“幽”两个元素分开，那园林艺术的效果就不会像现在这般受大众青睐。

大观园的园林建筑也是取一个“幽”字，第十七回中写道：

（贾政）命贾珍前引导，自己扶了宝玉，逶迤进入山口。抬头忽见山上有镜面白石一块，正是迎面留题处。贾政回头笑道：“诸公请看此处，题以何名方妙?”众人听说，也有说该题“叠翠”二字，也有说该题“锦嶂”的，又有说“赛香炉”的，又有说“小终南”的……种种名色不止几十个。原来众客心中早知贾政要试宝玉的功业进益如何，只将些俗套来敷衍。宝玉亦料定此意。贾政听了，便回头命宝玉拟来。宝玉道：“尝闻古人有云：编新不如述旧，刻古终胜雕今。况此处并非主山正景，原无可题之处，不过是探景一进步耳。莫若直书‘曲径通幽处’这句旧诗在上，倒还大方气派。”

由“曲径通幽处”可见大观园苔藓成斑，藤萝掩映，其中微露羊肠小径的美景。在这里，宝玉所引用的“曲径通幽处”是有典故的。他引用了唐朝诗人常建的《题破山寺后禅院》：“清晨入古寺，初日照高林。曲径通幽处，禅房花木深。山光悦鸟性，潭影空人心。万籁此俱寂，但余钟磬音。”这首诗从唐代起就备受赞赏，所题咏的是佛寺禅院，字里行间却表露出寄情山水的隐逸胸怀。旭日初升的清晨，光照深山树林，踏步登破山，过寺中竹丛小路入兴福寺，寺院幽深的后院，置身在幽静的园林植物之中，隐约传来了唱经礼佛的声音。向远处望去，后院花丛、树林深处有禅房。这首诗备受欢迎，不仅因为诗人在文学艺术上的造诣，更多是因为这首诗对园林建筑意境的构思造意优美，很有兴味。唐代殷璠评常建诗歌艺术特点为：“建诗似初发通庄，却寻野径，百里之外，方归大道。所以其旨远，其兴僻，佳句辄来，唯论意表。”

大观园的园林幽静，附上了诗人常建委婉含蓄的文字，我们从中可以看出，园林建筑艺术的“幽”和佛教寺院园林艺术的“净”是不可分开的。寺院是弘法传道的场所，供寺僧苦度修行，同时也是人们休息赏玩、陶冶情操的地方。园林建筑必然要有宜人的建筑风格，所以寺院园林建筑要整合园林空间和景观布局，讲究构景的精巧美观。

《红楼梦》中大观园的自然环境幽静闲适、园林建筑耐人寻味，寺院园林建筑也是古朴省净、意境浑融。不管是传统园林建筑，还是寺院园林建筑，二者都蕴含着传统文化的魅力和丰富的中国园林美学思想；在二者兼容的同时，园林建筑设计还蕴含着中国禅宗文化与传统文化思想。

绕堤柳借三篙翠，隔岸花分一脉香

很多人喜欢去园林游玩，我相信我们所读的一些古典文学场景都会在园林出现，中国的园林文化其实是一种文学艺术的体现。对于佛教园林文化而言，更多的是体现佛教园林文学的审美性和哲理性。

不管是寺院园林，还是我们常见的园林，园林文学艺术所体现出来的无非就是点景，用点景的方式增添景色的雅致。文学艺术的兼容性是非常广阔的，在文学艺术创作的同时还体现出美学艺术，不管是园林建筑艺术还是寺院园林建筑艺术，都兼具这两点。

文学艺术绝对不只是体现在字里行间，而是走进生活，融入大众的审美情趣中，宝玉和父亲游大观园的时候，就已经把这种文学的态度和高度融入闲适的生活中。

说着，进入石洞来。只见佳木茏葱，奇花烟灼，一带清流，从花木深处曲折泻于石隙之下。再进数步，渐向北边，平坦宽豁。两边飞楼插空，雕甍绣槛皆隐于山坳树杪之间。俯而视之，则清溪泻雪，石磴穿云，白石为栏，环抱池沿。石桥三港，兽面衔吐。桥上有亭。贾政与诸人上了亭子，倚栏坐了。因问："诸公以何题此？"

这段景色的描写细致入微，仿佛文字中的园林景象就在你眼前，这就是文学的魅力所在，让你根本察觉不到自己渐渐地融合在环境中被熏陶。园林风景如果没有人文感化的点景，就会显得枯燥无味，所以园林文学艺术成为文学领域不可或缺的一部分。

诸人都道："当日欧阳公《醉翁亭记》有云：'有亭翼然'，就名'翼然'。"贾政笑道："'翼然'虽佳，但此亭压水而成，还须偏于水题方称。依我拙裁，欧阳公之'泻出于两峰之间'，竟用他这一个'泻'字。"有一客道："是极，是极。竟是'泻玉'二字妙。"

读过欧阳公《醉翁亭记》的人都知道，文中有这么一句："峰回路转，有亭翼然临于泉上者，醉翁亭也。"讲的是山势回环，道路盘曲婉转，有一个四角翘起，远远看去像鸟儿张开翅膀一样，高踞在泉水边上的亭子，就是醉翁亭。欧阳公是北宋时期政治家、文学家、史学家和诗人，在文学造诣上自然是非同凡响，然而以"翼然"二字为大观园的这处景物命名，显得有些生硬，贾政当然是不满意的。这倒不是说欧阳公的文学造诣不行，而是园林文学艺术要的就是点题，所以随便引文是行不通的。

接下来贾政继续引用《醉翁亭记》中的句子："山行六七里，渐闻水声潺潺而泻出于两峰之间者，酿泉也。"醉翁亭的景色是非常美的，行六七里的山路，渐渐地听到了流水的声音，从两座山峰之间泻下来，欧阳公把泉水写活了，把大自然的野性与浑然全都糅合在这一句话之中，当然是妙到极处。用"泻玉"来形容大观园的此处景物，也不足为过。"泻玉"原是形容水流洁净清澈，但此处的景色不单单是水流洁净清澈，同时也有佳木茏葱、花草深处道路曲折的景致，而且"泻"字在美学的角度缺乏美感，所以被宝玉反驳了。

（宝玉）回道："老爷方才所议已是。但是如今追究了去，似乎当日欧阳公题酿泉用一'泻'字则妥，今日此泉若亦用'泻'字，则觉不妥。况此处虽省亲驻跸别墅，亦当入于应制之例，用此等字眼，亦觉粗陋不雅。求再拟较此蕴藉含蓄者。”……“有用‘泻玉’二字，则莫若‘沁芳’二字，岂不新雅？”

宝玉这话非常有意思，需要我们细细品味，先是对欧阳公题酿泉表示赞同，然后发表自己的观点，宝玉强调此处是“省亲驻跸别墅，亦当入于应制之例”，可以说提醒了贾政何为“应制之例”，也就是说元妃回来省亲应皇帝之命，应当是喜事；而欧阳公是因参知政事范仲淹等人遭谗离职，贬到滁州境内，《醉翁亭记》就写在这个时期，所以在政治背景上显得格调有些不妥。中国人做什么事情都要讲究一个彩头，特别在封建大家族中，这等纰漏是绝对不能出现的，所以“沁芳”二字就要比“泻玉”更有“悟性”，而在文学艺术造诣和园林点景的角度来看，“沁芳”也更胜一筹，再加上后面所提的对联，就更是珠联璧合了。

“绕堤柳借三篙翠，隔岸花分一脉香”起到画龙点睛的作用。这里说水很深，具体有多深呢？“三篙”，“三”是泛指，如同很多根竹篙加起来的深度。堤岸种植的柳树把自己的绿色借给了深深的池水。这副对联妙就妙在宝玉在形容水，却不见一个写水的字。这样便把园林文学艺术推上了一个新的高度。

读多了古文，然后去一些相关的地点游玩，才知道很多建筑背后都是有故事的。比如家喻户晓的《白蛇传》，大家一提到西湖的雷峰塔，就会想起蛇妖白娘子和许仙的凄美爱情故事，许多这种园林文学背后的典故，都会在寺院园林建筑中体现得淋漓尽致。

韶关丹霞山别传寺有一处建筑有这么一副对联，特别引人注目，横批是“绳墨”，上下联是“方法加减乘除，丈量东西南北”。我们先不问这个寺院这一处建筑的来历，从上下联的藏头，就可以看出这是方丈室。而稍稍研究过经书的学者还会发现，上联大和尚引用的是《心经》中的“舍利子，是诸法空相，不生不灭，不垢不净，不增不减”，下联则巧妙地把《佛说阿弥陀经》中的西方十万亿佛土，各个世界中，不同佛陀所在方向引用了进去。

在岭南佛教寺院园林建筑中类似的对联不计其数。仁寿寺有一副对联特别吸引眼球，上联是“仁本慈悲期人群发愿慈悲仁如我佛”，下联是“寿缘乐善祝信众输诚乐善寿比南山”。上下联的头和中间藏有“仁寿”二字，如果问其寺院所在的地方，大家能会意上下联的最后一个字，便知仁寿寺坐落于佛山这座城市。

寺院对联如同宝玉在大观园题对额，不仅要考虑到其文学艺术对应的背景，还要考虑到是否应情应景，恰到好处。相比而言，园林建筑的楹联多带有闲情逸致，而寺院园林建筑的楹联则增添了几分庄严和宗教味道。

假作真时真亦假，无为有处有还无

看多了关于园林建筑的楹联，总会有那么几副对联让你肃然起敬。在江南网师园一座祭祀花神的庙里，有这么一副对联，上联是“风风雨雨寒寒暖暖处处寻寻觅觅”，下联是“莺莺燕燕花花叶叶卿卿朝朝暮暮”。这一副叠字楹联上联化用了李清照的《声声慢》一词，语境特别优美，整副对联的纵和横都是在写园林山重水复、鸟语花香的美景。

很多时候，你会感叹中国古典文学的底蕴竟然在某一座园林中积淀得充满韵味。每次当我们进入寺院园林去欣赏寺院园林楹联的时候，会发现中国古典文学通过寺院园林的衬托，愈发显得博大精深。

宝玉在大观园试才是足够精彩的，让父亲贾政非常满意，宝玉的每一副对联都写得非常好。“吟成豆蔻才犹艳，睡足酴醿梦也香”，当贾政听到宝玉对出这副楹联的时候，心里是无比的欣慰，但是一般父亲只会做严父，这次贾政却由衷地把心中的欢心表露了出来：“这是套的‘书成蕉叶文犹绿’，不足为奇。”想来古人是非常有意思的，唐诗“书成蕉叶文犹绿”，讲的是大书法家怀素练字的时候，不舍得在纸上写，觉得过于浪费，就用芭蕉叶来练字，练完字后就连怀素的文章都带了芭蕉叶的绿色。贾政虽然在以严肃的态度说是巧用杜撰不足为奇，旁人的回答却以古通今：

“李太白凤凰台之作全套黄鹤楼，只要套得妙。如今细评起来，方才这一联，竟比‘书成蕉叶’犹觉幽娴活泼。视‘书成’之句，竟似套此而来。”

故事到了这里，精彩一波接着一波，大观园试才此时已经又上升到了另一个高度。通常当我们看电视剧或小说时，如果长时间处于故事的精彩和起伏之处，就会感到疲劳。大观园试才这一情节精彩纷呈，而曹雪芹的厉害之处就是让此刻的精彩和繁华瞬间落幕，然后以梦境的笔法再次写到人生的另一个高度。

红楼梦的开篇曾写到太虚幻境的楹联：

（甄士隐）正欲细看时，那僧便说已到幻境，便强从手中夺了去，与道人竟过一大石牌坊，上书四个大字，乃是“太虚幻境”。两边又有一副对联，道是：假作真时真亦假，无为有处有还无。

开篇的“太虚幻境”是甄士隐的梦境，小说的第五回贾宝玉在游太虚幻境中也出现过。“太虚幻境”本身隐含虚幻无有之意，真真假假，似有似无，一切都是梦幻泡影。寺院园林建筑中的文学，总会给人一种朦胧的美，这种美让你觉得似曾相识，似懂非懂，却又在你的记忆中挥之不去，甚至有时候还会在某些场合，以园林文学的哲理影响着你。

《红楼梦》的故事一直在虚幻与现实中交替着。在第十七回，太虚幻境的情景却回到了现实世界中的大观园，宝玉傻眼了，他觉得自己似乎在哪里见过。宝玉确实在此之前见过这样的建筑物，不过那是在梦中。

小说第五回宝玉因醉酒做了一个梦，梦中自己到了一个地方，这个地方叫太虚幻境，当时梦中的那个牌坊就是宝玉现在看到的牌坊，宝玉在睡梦中看到牌坊上题有“太虚幻境”四个字，而现实中的大观园牌坊却没有字，现实生活中的这个牌坊等着宝玉题字，宝玉忽然呆住了，一旁父亲的问话他都没有听到。

在这里，曹雪芹把大观园园林建筑楹联艺术写出了一种感觉，这种感觉很超然，无形中带出了寺院园林建筑的文学艺术的感觉。读到此处，我们细想之前贾政让宝玉题的匾和对联，到了这里似乎是一个转折。这种转折好像是在说之前的一切皆为虚幻，到此处万籁俱寂才是真实的，所以宝玉呆住了，连父亲的问话都不曾听见。此刻宝玉静默，是因为他忽然看到了生命源头的所在之处，刹那之间，宝玉豁然开朗，这种瞬间的领悟只不过是暂时的，最终会被世人的牵绊纠缠回来。

似乎每个人都会有这样的经历，刹那间看到了某一事物而肃然起敬，或有反思。我曾去过潮州千年古刹开元寺，在开元寺内设有岭东佛学院，在学僧的寮房建筑上写有“为何来此”四个字。当时我一看到这四个字，瞬间愣在那里，似乎这四个字在向每一个人叩问生命的源头。或许这个问题在你的日常生活中一闪而过，但是处在园林建筑中却能够让你耳目一新、瞬间反思的，多半情况也只有在寺院园林建筑文学上了。寺院园林建筑上的文学艺术，总是会给人们带来几分人生的机锋，让你慢慢去领悟，这种领悟在反反复复之间。

珠海普陀寺的寺院大门口是一座非常庄严的“五间六柱”牌坊建筑，牌坊的牌匾上有精美的雕刻。从外面到普陀寺内部园林，牌坊上雕刻的是华严三圣、东方三圣和西方三圣，从普陀寺园林内出去，牌坊上雕刻着龙华三会的浮雕，是弥勒菩萨在龙华树下成道的三会说法，雕刻极为庄严。在我国牌坊建筑史上，一般都是“一间二柱”、“三间四柱”、“五间六柱”。中国的古典建筑和园林建筑都是在“间”与“进”之间完成的，“间”是指建筑物的横向发展。举个很简单的例子，一座房子盖好后，如果不够住了，我们就往两边的东房和西房发展空间，在我国这种建筑的“间”一般都是奇数，如一间、三间、五间。当建筑往东、西发展到一定空间的时候，就转向“进”了，“进”是向后发展，但是“进”的发展是不分奇数和偶数的。普陀寺的牌坊就是五间六柱。

每当我从普陀寺的牌坊下走进普陀寺园林中时，脑海里都会浮现出甄士隐梦中的“太虚幻境”中的牌坊，这是因为普陀寺牌坊的楹联和《红楼梦》太虚幻境中的楹联有一丝相近之处，它们都是在楹联文学艺术审美的基础上披了一层朦胧的面纱。从外面向普陀寺园林中走进去，我们能在牌坊最中间的那一进看到牌匾上题有“庄严法地”四字，接着就是中间两柱上的楹联，上联为“普陀悬慧日光照三千世界”，下联为“禅寺凝慈云福荫百万人天”。每每看到此联的时候，我都会想，怎样的一座寺院能有慧日光照、慈云福荫、百万人天的殊胜景象？因为寺院建筑往往在禅宗文化中的“净”的思想下完成这种意境，所以这样的楹联并不夸张。当我们从寺院走到“人间”的时候，牌坊中间的牌匾上题有“圆光普照”四字，楹联上联是“微妙法门普渡众生登彼岸”，下联是“庄严宝刹建成佛土在人间”。其实这副对联是非常有含义的，当我们离开佛土境地再次回到“人间”的时候，下联已经在安慰你“不要舍不得这里，只要心中有善、有慈悲，其实佛土就在人间”。我们再抬头看看牌坊上的雕刻，是龙华三会，在《弥勒下生经》记载了弥勒菩萨自兜率天下生人间出家学道，于龙华树下成正等觉，前前后后三次说法普度众生。这也寓意着只要你心中有善，懂得精进，即使离开佛国净土，菩萨也会伴随你左右。

其实，在净土和娑婆世界、真实与虚幻、信仰与人性的交替下，事物往往是“假作真时真亦假，无为有处有还无”。大观园试才，贾宝玉在人生的虚实交替中忽然看到了生命的原点，这也是在警醒我们反思自身的生命境况。在《红楼梦》中，曹雪芹通过园林建筑艺术这一新颖的角度，将人生真相的梦幻与现实、挣扎与解脱、繁华与寂灭演绎到极致。

第九章 《红楼梦》禅茶一味的人生感悟

素瓷盛滋味，品茶含人生。《红楼梦》对茶文化的描写可谓别具一格。钟鸣鼎食、诗礼簪缨之家的茶文化，在不同的角色和场合之下，被曹雪芹赋予了不同的生命意义。

栊翠庵品茶，探索生命的本质

在阅读《红楼梦》每一回的文字之前，我总会留意回目，在阅读正文的时候，也会时不时通过故事情节领悟回目的寓意。

第四十一回回目“贾宝玉品茶栊翠庵，刘姥姥醉卧怡红院”上下联形成鲜明对比，人生的基调跃然于字里行间。上联是品茶，下联是喝酒；栊翠庵是祥和宁静的净土，怡红院则是繁华兴盛的场所，作者通过“品”和“醉”二字把此章节所要表达的思想透露出来，然后用“栊翠庵”和“怡红院”切换人事场景，以描写诗礼簪缨之家的茶文化。

关于茶文化的文章数不胜数，但我特别青睐《红楼梦》中体现出来的茶文化，因为其中有着美好和智慧。曹雪芹是非常有智慧的人，他对茶文化的了解不是一般人所能达到的，他的思维也打破了常规。他以喝酒为主，然后再渲染喝茶的高雅。这种顺序安排令人耳目一新。他对喝酒、品茶的描写，让读者在迷情和觉悟之中体验生命的精彩。

在《红楼梦》诸多描写茶文化的章节中，“贾宝玉品茶栊翠庵，刘姥姥醉卧怡红院”这一回把生命的高度和智慧的深度推到了高峰。这一回目与《华严经》中“牛饮水成乳，蛇饮水成毒”有异曲同工之妙。在这里，我们聊的不是文字，而是禅者圣人讲的“明心见性”。同样是水，牛饮用了便化成牛乳供给大家，而蛇饮了之后却化成毒液攻击其他生灵。同样是水，却因为不同的生命本质而有着不同的性能。“贾宝玉品茶栊翠庵，刘姥姥醉卧怡红院”也是如此。同样是水，泡成茶和酿成酒后完全是两种不同的状态，一种可以让你醒，一种可以让你醉，在亦醉亦醒之间，来领悟人生修行的真谛。

每个人都是制茶的一个角色

我见过很多人点评《红楼梦》书中的角色，似乎总会拿是与非来下定义。妙玉这一角色时常被读者提及，很多读者表示不喜欢妙玉。不仅如此，在《红楼梦》中，众人对妙玉的印象也多是不喜欢。第五十回“芦雪庵争联即景诗”，宝玉因联句不上，被李纨挑弄，李纨罚宝玉去栊翠庵折红梅，说了一句话：“我才看见栊翠庵的红梅有趣，我要折一枝来插瓶。可厌妙玉为人，我不理他。如今罚你去取一枝来。”由李纨的话语来看，妙玉的脾气性格是不招一般人待见的。

品茶栊翠庵这一段写得非常精彩。妙玉是一个爱干净的人，偏偏在这一回出现了刘姥姥，林黛玉形容刘姥姥是“母蝗虫”，可见刘姥姥这位农村老太婆的形象是多么的邋遢。读到这里，我瞬间觉得这一回不是在讲喝酒喝茶，而是在写生命中修行的一种体验。每个人都有一块心灵上的净土，这块净土是不容外人侵犯的。

作者善于发现每个人内心的底色，不仅是刘姥姥在完善妙玉生命中的修行，就连贾母也为妙玉的修行添上了完美的一笔。

众人吃完酒，便出去散步，到了栊翠庵，贾母见到妙玉之后，说了一句非常微妙的话："我们才都吃了酒肉，你这里头有菩萨，冲了罪过。我们这里坐坐，把你的好茶拿来，我们吃一杯就去了。"听到贾母这句话，你会觉得她也是在质问妙玉：什么是修行？修行不就是修你那颗"忍辱心"吗？虽然贾母说吃了酒肉不方便见菩萨，到底还是冲撞了妙玉，但是介于身份的问题，妙玉也只能把这些放在心里。

贾母的话是在为刘姥姥的形象作铺垫。《金刚经》上讲："无人相，无我相，无众生相，无寿者相。"她就是让妙玉不要执着于表象，跨过修行的这一关。《金刚经》云："若以色见我，以音声求我，是人行邪道，不能见如来。"如来在哪里？如来就在我们的起心动念之间。如果能用智慧自我反观，我们的内心世界就能如如不动，来去自由。刘姥姥和贾母的出现，就是在检验妙玉的根基稳不稳。她们是妙玉生命修行中的使者，带着不同的使命为生命的修行增添几分考验。《六祖坛经》讲过："心平何劳持戒，行直何用修禅。恩则孝养父母，义则上下相怜。让则尊卑和睦，忍则众恶无喧。若能钻木取火，淤泥定生红莲。苦口的是良药，逆耳必是忠言，改过必生智慧，护短心内非贤。日用常行饶益，成道非由施钱。菩提只向心觅，何劳向外求玄？听说依此修行，西方只在眼前。"修行不是打打坐、念念佛就完事了，而是要在日常生活中去追寻，只向心觅，不向外求。作者通过刘姥姥这一角色，向我们讲述了"忍辱"和"宽容"。这种对内在美的探索，就是我们追寻美好的方向。

刘姥姥的出现就像是菩萨示现，专门去践踏你珍爱的东西，来修炼你的忍辱心，消除你的我慢心和我执心。刘姥姥是这一章节的一条线，她先去践踏妙玉的底线，反复地去检验妙玉那颗修行人的心。她似乎要让你明白，你为什么去坚持，就要为什么而痛苦。所以刘姥姥是自在的，妙玉是痛苦的。曹雪芹写这一章节，是在写你的“忍辱”和“宽容”。接下来刘姥姥在僭越妙玉执着的界限之后，又进入了宝玉的那块净土。

刘姥姥等人在栊翠庵喝完茶后，各自散去的路上，有一段非常精彩的描写：

刘姥姥觉得腹内一阵乱响，忙的拉着一个小丫头，要了两张纸，就解衣。众人又是笑，又忙喝他：“这里使不得。”忙命一个婆子，带了东北角上去了。那婆子指与他地方，便乐得走开去歇息。那刘姥姥因喝了些酒，他的脾气不与黄酒相宜，且又吃了许多油腻饮食，发渴多喝了几碗茶，不免通泻起来，蹲了半日方完。及出厕来，酒被风禁，且年迈之人，蹲了半天，忽一起身，只觉眼花头眩，辨不出路逕。

作者在刻意强调刘姥姥农村人的朴实，在作者的文字中，我看到的是慈悲和美好。曹雪芹是在还原人性本来天真的面目，只不过那些是非场中的人多半执迷于表象，追寻那些华而不实的东西罢了。富贵和贫贱就是分别出来的。

曹雪芹写刘姥姥大小便，在我们常人眼中是俗不可耐的。在现实生活中，如果一位年长的婆婆随地大小便，是多么让人不能接受的事情。但是在曹雪芹的《红楼梦》中，他就能赋予这种自由以美好。就是这样的文字，让读者的内心世界为之一震。曹雪芹对这件事的特写，一则再次渲染邋遢的刘姥姥和喝酒的贾母对妙玉的各种考验，二则为下文刘姥姥醉卧宝玉的怡红院作铺垫。

宝玉是爱美的，他的房间也是非常精致洁净的，摆设着奇花异草，就连空气中也弥漫着各种奇香，但是刘姥姥就进去了，而且是醉酒进去的。我们看《红楼梦》，宝玉的心灵一直被践踏着，在这里曹雪芹有意安排了刘姥姥去践踏。当心中的美好被破坏、被践踏之后你还能淡然处之时，你的人格就完美了。在人生旅途中，我们往往会被那些自以为美好的表象所迷惑，而面对种种不顺或者与我们背道而行的事情就觉得被侵犯和僭越，殊不知往往就是这些与我们正常思维相反的事物，才是真正赋予我们生命美好的东西。

记得一次在寮房喝茶，有一位信众因为手沾灰尘没有清洗就开始拜水墨观音像，遭到另外一位居士的呵斥，并说这是不如法的，脏手拜佛是没有恭敬心。我当时就对那个呵斥的居士说："佛的智慧不是让你注重形式，而是讲究实质。你说他脏手拜佛，是对三宝的不尊敬，没有恭敬心，那我告诉你，这幅水墨观音图是一位没有手的残疾画家用脚画的。脚比手更臭，按你的说法，岂不是更加不尊敬佛陀了？但是这幅庄严的观音像，让你拜了一遍又一遍，这又是什么道理呢?"

每每读到刘姥姥用妙玉的茶杯，喝醉酒进宝玉的房间，我都会想起这个故事，不是曹雪芹在批判妙玉，也不是那些读者对妙玉片面排挤，而是你的智慧不到，你的包容心不够。曹雪芹写刘姥姥，不是在讲三六九等，而是在向我们讲"慈悲"和"相容"，如同茶叶与水一样，只有互相融合，才能称之为茶。

妙玉和袭人，修行的两种态度

《红楼梦》一直在讲两个世界，但是这两种世界又混在同一个世界中，不停地交错着。第四十一回就是这样，当袭人得知刘姥姥醉卧贾宝玉房间的时候，你会觉得有妙玉的行为作对比，袭人的人格瞬间升华了。

宝玉的房间非常考究。一个小门，门上挂着葱绿撒花软帘，四面墙壁玲珑剔透，琴剑瓶炉皆贴在墙上，锦笼纱罩，金彩珠光，连地下踩的砖，皆是碧绿凿花，这么奢华的装潢是刘姥姥以往不曾见过的。袭人一进房间，就听得鼾声大响，忙进来，只闻见酒屁臭气，满屋一瞧，只见刘姥姥扎手舞脚地仰卧在床上。这段文字描写的完全是两个世界，富贵与贫穷、考究与邋遢就这样交错着。

在这里，我忽然发现，袭人和刘姥姥对脏的定义是完全是不同的。当刘姥姥慌慌张张醒来的时候，认为没有吐到被子上就是万事大吉。刘姥姥有个很细微的动作，一面说一面用手去掸，袭人见刘姥姥这般，忙将鼎内贮了三四把百合香，仍用罩子罩上。刘姥姥虽然是乡下的老太婆，但她是自在的，因为她没有大观园里的那些约束，会让你觉得富贵有时候就是一种麻烦，是一种约束，而刘姥姥呈现出来的是一种朴实。

我经常给师父倒茶，一次换了新的器皿，我对泡茶的器皿不敏感，无法判断杯中水的温度，又怕烫到师父，于是等水稍冷，我倒出一点到手指上试过之后，才把杯子递给师父。师父笑着说："你怎么不学耀慧，直接把手放进杯去，然后说，好了，师父，水不烫了，您喝吧！"耀慧也是师父的徒弟，打小就跟着师父。虽然在教育程度上我占有优势，但是我忽然发现，师父往往骂我作为侍者却远不如没文化的耀慧打理事情周到。虽然某些事情我处理得比他妥帖，但是师父永远都是为耀慧的举动而感动。师父永远在教你如何做人，如何去调伏自己的内心。他喜欢耀慧傻乎乎地把手放进杯子里试探水温，也会对你把水倒出来试探水温的举动加以指正。无论是行、住、坐、卧，师父永远在讲心。平常心是道，直心方可方便修行。他不愿意看到一个拘谨的你，一个无法完全自我表达的你。

《红楼梦》就能赋予你这样的感悟，如同书中的“风月宝鉴”一样，让你从正反两面去看你的人生。接下来，袭人的一番举动与妙玉形成了鲜明的对比。在这出戏里，她俩就是大观园版本的“风月宝鉴”。

面对刘姥姥的酒气熏天，袭人悄悄笑道：“不相干，有我呢，你随我出来”，并交代刘姥姥若有人问起刚才去哪儿了，就撒谎说醉倒在山子石上打了个盹儿。这不免让人觉得袭人也有可爱之处，她的可爱来源于她的宽容。

妙玉刚要去取杯，只见道婆收了上面的茶盏来。妙玉忙命将那成窑的茶杯别收了，搁在外头去罢。宝玉会意，知为刘姥姥吃了，他嫌脏不要了。

这段描写是至关重要的。成窑取材是用白地青花，简装五色，为今古之冠。妙玉极为珍爱的成窑的茶杯就这样被刘姥姥给亵玩了，这对妙玉来说无疑是一种痛苦。刘姥姥的这种举动，就是让妙玉不要执着于表象，要放下，可妙玉偏偏不懂。

看看袭人的举动，再对比妙玉心中的那份被践踏的苦，你会豁然开朗，原来事情可以这样去处理。

曾经有人骂出家人就会装，有位信众听后特别愤怒，到我这儿抱怨那个诋毁僧众的人。从这位愤怒的信众的言行举止中，我若有所思，不慌不忙地说："你也不必生气，能说出家人是装出来的人，必定是有大智慧的人，你又何苦生气呢？他都没吹风，你倒自己摇起来了！"那位愤怒的信众甚是不解，一脸疑惑地看着我。我缓缓地说："你退一步想想，修行的过程必定先是装，后是修啊，如同盖房子一样，大体框架都没有装好，你如何在细节装潢上进行修理呢？所以我说能讲这句话的人必定是有大智慧的人，一般的人还真是说不出这样的话！"不久，这话传到那个诋毁僧众的人耳里，他顿时觉得自己的言语过于猖狂，从此对出家人毕恭毕敬，自己对三宝的恭敬心也建立了起来。

其实妙玉和袭人对待刘姥姥的态度，就是修行的两种态度。刘姥姥是谁并不重要，重要的是你如何去修行，在成长的过程中如何去让自己的生命完美，这才是至关重要的，刘姥姥的出现就是让我们放下，有了放下，慈悲之心自然而然就出来了。

生命中最大的可悲是执着

妙玉的判词是"欲洁何曾洁，云空未必空。可怜金玉质，终陷淖泥中"，讲的是妙玉执着"净"和"空"，最终却还是陷进了肮脏的淤泥之中。

妙玉在生命中遇到了刘姥姥，是一次完美的升华。妙玉在修行道路上遇到了刘姥姥，是她几世修来的福报，刘姥姥的出现是对妙玉的生命提前作了一个预告。

妙玉爱干净，分别心非常严重，这是修行人的大忌，所以贾宝玉对她讲世法平等，但是妙玉却无比执着。栊翠庵品茶，刘姥姥出现在妙玉面前，并且用了妙玉收藏的杯子喝茶。刘姥姥的出现，更多的是在根本上破除妙玉的我执和分别心。

在我们的生命中，最大的悲哀就是执着。往往你执着什么，你的人生就会因为什么而谢幕。刘姥姥似乎就像经书中的菩萨，变成邋遢奇怪的人物出现在妙玉的生命轨迹之中，或让你难受，或让你在痛苦中若有所思。她的出现是让妙玉要懂得放下，只有心中放空了这些东西，才能心怀大千，包容更多东西。

但是妙玉不明白，她差点把这个所谓的脏杯子拿出去扔掉，最后在宝玉的劝说下，把杯子给了刘姥姥。通读《红楼梦》时，你会发现，妙玉的执着是她最大的可悲。往往你越是怕什么，在你的生命中就越会出现什么，这在常人眼中可以理解为一种考验或者是磨练。但是在这种种考验和磨练的背后，也有生命的预示。似乎在妙玉把杯子给刘姥姥的那一刻开始，妙玉就注定被世俗所玷污，她已经陷入了淤泥的肮脏之中，生命的前兆和预示就出来了。

妙玉执着于洁癖，最终被强盗用闷香劫走，白白玷污了自己。“欲洁何曾洁，云空未必空。可怜金玉质，终陷淖泥中”，我认为不是在讲妙玉的命运，而是在讲一个人因为执着而经历的痛苦。

菩提只向心觅，何劳向外求玄

曹雪芹很会教育人，也极具给读者开示的智慧。刘姥姥在栊翠庵吃茶后，醉酒误入贾宝玉卧房的过程中，有这么一段描写读起来让人感到若有所思：

（刘姥姥）刚从屏后得了一门，才要出去，只见他亲家母也从外面迎了进来。刘姥姥诧异，忙问道："亲家母，你想是见我这几日没家去，亏你找我来。那一位姑娘带你进来的？"他亲家只是笑，不还言。刘姥姥笑道："你好没见世面，见这园子里的花好，你就没死活戴了一头。"他亲家也不答。便忽然想起："常听大富贵人家有一种穿衣镜，这别是我在镜子里头呢罢。"

如果不是刘姥姥后面猜想到是镜子，并去印证，你会有种摸不着头脑的感觉：为什么这会儿会蹦出一个亲家母？后面印证是镜子的过程才是值得我们去反思的。每个人看别人的缺点容易，反观自己的不足却很难。有时候我们嘲笑别人，却不知道嘲笑别人的同时，自己才是那个值得去嘲笑的人。曹雪芹在这里就写出了这种人格。刘姥姥对着镜子嘲笑乡下的亲家母，说："你好没见世面，见这园里的花好，你就没死活戴了一头。"这时候的刘姥姥不知道这是镜子，当然自我的尊严和爱护是不存在的，那个我执也是没有的。但是刘姥姥说这一句话是有原因的。在前一回，王熙凤要打扮刘姥姥，博取贾母的开心，有这样一段文字值得关注：

贾母便拣了一朵大红的簪于鬓上。因回头看见了刘姥姥，忙笑道："过来带花儿。"一语未完，凤姐便拉过刘姥姥，笑道："让我打扮你。"说着，将一盘子花横三竖四的插了一头。贾母和众人笑的不住。刘姥姥笑道："我这头也不知修了什么福，今儿这样体面起来。"众人笑道："你还不拔下来摔到他脸上呢，把你打扮的成了个老妖精了。"刘姥姥笑道："我虽老了，年轻时也风流，爱个花儿粉儿的，今儿老风流才好。"

刘姥姥的厉害之处，就是明知道众人在戏弄她，她都能很默契地配合。在大观园里，刘姥姥这样一个乡下的老婆子，扮演着许多角色，不免让人觉得，这一切都是戏，如梦幻泡影。刘姥姥面对什么样的处境都是自在的，被人戏弄反而觉得年轻时候没有过的风流，到老了之后却能填补上，是多么快慰的一件事情。刘姥姥是知足、随遇而安的代表，她用那颗简单淳朴的心感化着众人。

面对镜子的时候，刘姥姥对着镜子中的自己说“你好没见世面，见这园里的花好，你就没死活戴了一头”，这是多么值得我们去反思。我们往往喜欢批评别人的错误，却从来不去反思自己的不足。人这一生，简单活着便是修行了，然而很多人本末倒置，过分地追寻外在的物质，从来不向内心的精神世界寻觅。每个人都在追求幸福，其实幸福只是一种感觉，信仰才是一种充实。

刘姥姥在醉酒的时候看清了自己，反而醒悟了，如果换成是林黛玉或者别人，说一句她不愿意听的话，或只是一个怠慢的举动，估计都要一个月不得安宁。曹雪芹在强调一种人格，是精神世界的人格。对比贾瑞的“风月宝鉴”，同样也是镜子，你会发现，曹雪芹在不同的人身上，总会折射出读者生活的一面。这样的文字是有灵魂的，刘姥姥对着镜子自嘲，就是在向我们讲要时刻懂得忏悔。

莫攀比，幸福来源于惜福

在第四十一回，曹雪芹一直在作对比，游离于不同角色之间、栊翠庵和怡红院之间、喝酒与喝茶之间、妙玉和袭人之间，通过对比，去刻画每一位角色的人格。

艺术最大的价值就在于它能征服一切，无论是在艺术之中，还是在现实之中，它都可以让你有所思，有所得，在艺术中找到现实的启发，在现实中找到艺术的魅力。曹雪芹就是通过人与人之间微妙的关系和对比，将生活和艺术融入读者的心灵。

贾母道："我老了，都不中用了。眼也花，耳也聋，记性也没了。你们这些老亲戚，我都不记得了。亲戚们来了，我怕人笑我，我都不会。不过嚼的动的吃两口，睡一觉，闷了时，和这些孙子孙女儿玩笑一回就完了。"刘姥姥笑道："这正是老太太的福了。我们想这么着也不能。"贾母道："什么福，不过是个老废物罢了。"说的大家都笑了。贾母又笑道："我才听见凤哥儿说，你带了好些瓜菜来。叫他快收拾去。我正想个地里现撷的瓜儿菜儿吃。外头买的不像你们田地里的好吃。"刘姥姥笑道："这是野意儿，不过吃个新鲜。依我们想鱼肉吃，只是吃不起。"

这是刘姥姥初次见贾母时，两位老人家的谈话，这也许是很少人注意的一段对话，但我每次读到这里的时候，都会一遍遍去揣摩这两位老人家的心理活动。或许有些人从字里行间读出来的是对贾母的羡慕，但是我从这段文字中看到的是她的悲伤和无奈。因为生活太安逸、太富裕了，什么事情都由别人来代劳，自己完全可以不用费什么头脑和力气，不知不觉中生活就变得乏味无趣，什么山珍海味、古玩稀奇都觉得毫无新意，这样的生活对于贾母来说是没有生命、没有灵魂、过于单一的，对比刘姥姥晚年身体硬朗，还能在田里下种，人生以苦为乐，丰富多彩，所以贾母觉得自己的人生晚年毫无价值，把自己说成"老废物"也是毫不夸张的。

然而在这一回中，贾母会带刘姥姥逛园子，向刘姥姥解说这是什么树，这是什么石，这是什么花，贾母说得开心，刘姥姥领会得用心。两个在不同层次的老太太，竟然会聊起这样的话题，聊得这么投机。或许在贾母内心深处，今天能为刘姥姥解说自己的所见所识，是一件非常充实的事情。因为贾母每天过得非常空虚，在别人眼中她有诸多晚辈承欢膝下，但是那份晚年的孤独，却没有一个人能看到、能体会到。也只有在曹雪芹的笔下，你才能读出老年人的那份孤独。在刘姥姥眼里，穷怕了自然鱼肉是稀奇的，但是在贾母眼里，虽尝尽了世间百味，却也觉得很是乏味。

随着故事的发展，曹雪芹又把人生的对比转到大姐儿和板儿这两个小孩子的身上。

那大姐儿因抱着一个大柚子玩的，忽见板儿抱着一个佛手，便也要佛手。丫鬟哄他取去，大姐儿等不得，便哭了。众人忙把柚子与了板儿，将板儿的佛手哄过来与他才罢。那板儿因玩了半日佛手，此刻又两手抓着些面果子吃，又忽见这柚子又香又圆，更觉好顽，且当球踢着玩去，也就不要佛手了。

曹雪芹把人与人之间的对比放在两个不知世事的孩子身上，确实是一个值得我们思考的问题。大姐儿是凤姐的女儿，自然是娇生惯养的，在这个大家族里，自然是要风得风，要雨得雨，要不到东西就会哭，众仆人就开始着急，从板儿手中骗到佛手，然后给大姐。

这两个孩子之间的斗争也许在寓意着什么，在这得与舍之间，曹雪芹似乎在讲修行，不论是两个老人也好，还是两个不知世事的孩子也罢，得与舍总是虚虚假假不停地交错着，构成复杂的人生，让你无法预测命运将是如何。

一位丰衣足食的老人，却羡慕在田里耕作的老人；富贵人家的孩子，却喜欢穷人家孩子手中的玩意。别人的东西，哪怕再不济，也觉得比自己的好。正是这样的对比，让我觉得幸福永远只是一种感觉，你的幸福往往建立在别人身上，或许在你羡慕别人的同时，别人也在羡慕你。这些话语我们都懂，可又有几个能做到惜福，珍惜当下呢？

第十章　从“六和敬”看《红楼梦》的管理之道

从“六和敬”谈探春管理大观园的方法

经常在佛门听到一句话：“啐啄同时。”意思是不管是教育还是管理，要懂得适度和宽严相济之道。《禅林宝训》有这样的一句话：“妪之妪之，春夏所以生育也；霜之雪之，秋冬所以成熟也。”取四季万物成长的规律，春风夏雨，可以使大地万物在这个环境下生育；秋霜冬雪，也可以帮助万物成熟。

在《红楼梦》中探春这一角色，虽然无法走出封建家族的局限，但是在闺阁中，在家庭范围内，探春不失良机地做出一番大改革，得到了很多人的好评。

一提到家族的管理，头号人物便是王熙凤。在《红楼梦》中多次提及王熙凤对家族的管理，无论是在手段上，还是技巧上，王熙凤的管理风格都令人侧目。

这里凤姐儿来至三间一所抱厦内坐了，因想：头一件是人口混杂，遗失东西；第二件，事无专执，临期推委。第三件，需用过费，滥支冒领；第四件，任无大小，苦乐不均；第五件，家人豪纵，有脸者不服钤束，无脸者不能上进。此五件实是宁国府中风俗……

从这段文字的描写，可见王熙凤天生具备管理能力，在管理上王熙凤能够非常敏锐地捕捉问题，从现象看本质，最重要的是在复杂的关系网之中，王熙凤能够在人我利益面前做到左右逢源。面对重要人物，王熙凤凡事能够晓之以理；然而对待下人，王熙凤却是恩怨分明，极具手腕，眼里容不得半粒沙子。“脂粉队里的女英雄”的称号不是浪得虚名。

由于凡事都要亲力亲为，操劳过度，掌家政实权的王熙凤流产了，又因调养问题，导致王熙凤暂时不能料理家务。在此因缘之下，第二个人物——贾探春上场了。

贾探春以管理者的身份一出场，便对家族进行了大改革。在《红楼梦》第五十六回中，通过贾探春对家族的人文制度管理这一过程，我们不难发现，探春是一位非常有产业意识和商业意识的女强人。在处理事情这一块，探春进退皆宜、用行舍藏，是典型的儒家思想的代表。而在管理家族的过程中，她利除宿弊，利合同均，上下打理又进退皆宜，与王熙凤这位“领导”之间宽严相济，配合得非常到位，极具佛家圆融智慧的管理风范。

王熙凤非常欣赏探春的气魄。首先在气度上，探春是所有姑娘当中的佼佼者。王熙凤做事懂得去迎合上级，在诸多琐碎的事情之中，王熙凤的作风基本是以大局为重，把利益看得比较重。而贾探春就不同，她的行事风格多半是受自己庶出身份的影响，很多事情都能考虑到下人。同时，探春也是极具眼光的人，能够从大观园之中看出很多的经济之路。在利益分配上，探春一方面可以从大格局上开源节流，另一方面又能额外产生利益分配。

由于可见，探春和王熙凤的不同之处就是，王熙凤喜欢邀功，出事便脚底抹油找替死鬼；而探春却不是，凡事她都能适度处理，考虑到王熙凤的存在。

都忙劝他："趁今日清净，大家商议两件兴利剔弊的事，也不枉太太委托一场。又提这没要紧的事做什么。"平儿忙道："我已明白了。姑娘竟说谁好，竟一派人就完了。"探春道："虽如此说，也须得回你奶奶一声。我们这里搜剔不遗，已经不当，——皆因你奶奶是个明白人，我才这样行；若是糊涂，多歪多妒的，我也不肯，倒像抓他乖一般。岂可不商议了行？"平儿笑道："既这样，我去告诉一声。"说着，去了半日方回来，笑说："我说是白走一趟。这样好事，奶奶岂有不依的？"

这一段描写看似不经意，但是这里面的关系非常微妙，涉及管理上的敏感问题。贾探春虽然在这次"掌权"中能够裁断一些事情，但是面对利益的分配，贾探春考虑到王熙凤的存在，也正是王熙凤平日里的做事风格，贾探春才提出让平儿请王熙凤示下，这样的举动看似多余，其实是一种做人做事的智慧。一则，贾探春尊重王熙凤，并不是忘旧之人；二则，关系到利益的事情，贾探春非常谨慎，虽然有九成的把握，但是还是以示下的名义探探王熙凤的想法；三则，贾探春非常懂得借力打力，这事王熙凤知道了，要么反对，要么支持，王熙凤如果点头了，自然会邀功，另一方面有王熙凤的点头，探春也好行事。

这就是典型"啐啄同时"的举动。蛋要孵出小鸡的时候，小鸡在壳里磕叫"啐"，母鸡在壳外磕帮助小鸡出壳的举动叫"啄"，这需要极其默契的配合，同时还要讲究时机，才能有新生命的诞生。贾探春就是在这种处事风格下，将新的改革建立起来的。

在“六和敬”的管理思维上，探春以“利和同均”的方式赢得了大家的一致称赞，同时也为府中的开支提供了不少方便之门。

何为六和敬？佛教徒虽有七众弟子的分别，但在僧侣的团体生活中有一个共同的标准，这个标准叫做六和敬。六和敬即身和同住、语和无诤、意和同悦、戒和同修、利和同均、见和同解。这六和虽分为六种，亦可摄为两种，即理和与事和。

在中国佛教寺庙中，僧伽为了维护道场长远的共住与和谐，寺院的僧侣组织要有一个机制来做两件事：一是宣扬佛教核心，保持僧伽组织的核心凝聚力；二是捋顺管理关系，以保持道场正常管理的畅通。这两件事可以分成三个方面的内容：佛教的世界观、共住的道德规范以及“六和敬”思想。“和敬”是对人我两方面来说的，所谓“和”，即“外同他善”；所谓“敬”，即“内自谦卑”。

薛宝钗“身和同住”的思维

在大观园里，最能得人心的可算是薛宝钗。薛宝钗是典型的儒家学派的人，保持人我之间的关系平衡是薛宝钗的强项，这一点王熙凤都比不过她。如果站在管理的角度来看薛宝钗的一贯行为作风，你会发现薛宝钗是一个不折不扣的管理型和经营型的人才。

第五十六回虽然在讲探春给大观园进行一次兴利除弊的改革，但在改革的过程中，薛宝钗的能力也全然展现了出来。比如，关于这次改革产生的分红，大家一直认为入大账目不好，探春提出意见：

“若年终算账归钱时，自然归到账房，仍是上头又添一层管主，还在他们手心里，又剥一层皮。这如今我们兴出这事来派了你们，已是跨过他们的头去了，心里有气，只说不出来，你们年终去归账，他们还不捉弄你们等什么？再者，这一年间管什么的，主子有一全分，他们就得半分。这是家里的旧例，人所共知的，别的偷着的在外。如今这园子里是我的新创，竟别入他们手，每年归账，竟归到里头来才好。”

家族的账目是非常庞大和复杂的，在女人堆里，财政大权基本都是王熙凤在暗箱操作维持运营，旁人是没有办法插手的。

面对分红的疑惑，大家又拿不出一个折中的办法，在此之际，薛宝钗的产业头脑就使上了。

宝钗笑道：“依我说，里头也不用归账。这个多了，那个少了，倒多了事。不如问他们谁领这一分的，他就揽一宗事去。不过是园里的人的动用。我替你们算出来了，有限的几宗事：不过是头油、胭粉、香、纸，每一位姑娘几个丫头都是有定例的；再者，各处笤帚、撮簸、掸子，并大小禽鸟鹿兔吃的粮食。不过这几样，都是他们包了去，不用账房去领钱。你算算，就省下多少来？”

薛宝钗的这句话是非常有智慧的，她的意见和大家一致，认为把钱送到大账房不好，自己在院内成立一个小账号更加不妥，索性提出一个两全其美的法子——以物易物。很多人会认为薛宝钗非常世故，但是回头想想，那些风花雪月的事情的确烂漫，如果放在现实生活中，却往往行不通，因为感性和理性有时候就处于对峙的状态。想想薛宝钗的家庭背景，这么大的一个家业压在她一个女儿家的身上，即使世故，也是被现实逼出来的，换成林黛玉绝对是不行的。

薛宝钗事事留心，凡事能够事无巨细地关心，各种身份的人，也都逃不过薛宝钗的眼睛。大家或许还记得二十七回，宝钗扑蝶时遇到小红的一幕。

宝钗在外面听见这话，心中吃惊，想道："怪道从古至今那些奸淫狗盗的人，心机都不错。这一开了，见我在这里，他们岂不臊了。况才说话的语音，大似宝玉房里红儿的言语。他素昔眼空心大，是个头等刁钻古怪东西。今儿我听了他的短儿，一时人急造反，狗急跳墙，不但生事，而且我还没趣。如今便赶着躲了，料也躲不及，少不得要使个'金蝉脱壳'的法子。"

从薛宝钗一系列的心理活动中，我们能够看出这位传统女性的本分行为。在薛宝钗的封建观念中，丫头就要恪守本分。再从另外一面看，单单从门外听丫头们的对话，薛宝钗能够很快地判断出是宝玉房间的小红，"他素昔眼空心大，是个头等刁钻古怪东西"，不仅能从声音中判断出是何人，并且还能知道这个人的脾气秉性。

贾府上上下下，奶奶们和小姐们都难以让你一一顾及和记住，下面的妈妈们和仆人都好几百号人，更何况是房间里的丫鬟。在《红楼梦》中，小红第一次给宝玉倒茶的时候，宝玉连自己房里的人都不认得，倒问小红是谁，可是薛宝钗却能瞬间判断出你的主人是谁，多大的人，什么脾气秉性。

其实薛宝钗和平儿都是同一号的人，均有事不关己不开口的风格，特别是在贾府这个人多口杂的环境中，更要做到身业清净、和睦相处。此时薛宝钗的"身和同住"行为便体现出来了，薛宝钗为了避免在园中的关系冲突，急中生智使了个金蝉脱壳的法子，敷衍了过去。

面对利益的分配，薛宝钗绝对不会像其他人那样，鼠目寸光去争取眼前的利益，薛宝钗很懂得进退皆宜，从来不会有僭越之举，比如面对大观园的经营，宝钗是左右逢源，仅仅提意见，但不置身其中。

平儿忙笑道："跟宝姑娘的莺儿，他妈就是会弄这个的。上回他还采了些晒干了，编成花篮、葫芦，给我顽的。姑娘倒忘了不成？"宝钗笑道："我才赞你，你倒来捉弄我了。"三人都诧异，问道："这是为何？"宝钗道："断断使不得。你们这里多少得用的人，一个一个闲着没事办，这会子我又弄个人来，叫那起人连我也看小了。我倒替你们想出一个人来：怡红院有个老叶妈，他就是茗烟的娘，那是个诚实老人家。他又和我们莺儿的娘极好。不如把这事交与叶妈。他有不知的，不必咱们说，他就找莺儿的娘去商议了。那怕叶妈全不管，竟交与那一个，那是他们私情儿，有人说闲话也就怨不到咱们身上了。如此一行，你们办的又至公，于事又甚妥。"

薛宝钗事无巨细的性格再次暴露了出来，她不仅知道小红的脾气性格，就连宝玉身边茗烟的娘是什么样的人物也能知晓，确实非常厉害。同时薛宝钗面对大家所获得的利益，能够很明确地认识到自己是局外人，园中营私肥己的现象太严重了，薛宝钗知道这里面没那么简单，虽然是改革，但毕竟不是游戏，薛宝钗明确自己的身份，也知道这不是玩一玩的儿戏，所以面对大观园改革初期取得的业绩，薛宝钗能够很清楚地意识到自己不算是其中的一分子，并能以局外人的身份推荐大家想不到的可用之人，共同分担大家所产出的分红。

薛宝钗的这种举动无疑是“六和”思想中的“利和同均”。利和同均强调利益的共同分享。这是一个慈悲的、智慧的、和平的、共同繁荣的理念。对于一个健全的团体，法治精神是必不可少的，但是如果缺乏共同分享意识，那么整个团体趋于分化或崩溃的致命伤就难以治愈。利和同均的“同均”也并非是平均分配，而是指共同分享——分享经历、艰难、成就和希望等，所以薛宝钗只参与了成就和希望的分享，对于经济利益，薛宝钗保持着高度清醒的头脑，这一点不得不让人佩服。

也正是因为薛宝钗这般的为人，才深得大家的信赖，就连史湘云都会向薛宝钗叙说自己的家事，由此可见薛宝钗在为人行事方面的智慧。

贾母，不痴不聋不做家翁

只要提到贾母，我就不得不说贾母是每一位母亲的榜样。

贾母会给我一种家庭亲情的感动，虽然是年迈的老人，但是从她的慈祥神态中，我看到了她福慧双修的智慧。

贾母，金陵世勋史侯的女儿，荣国公贾代善之妻，贾赦、贾政、贾敏的母亲，出身于“阿房宫，三百里，住不下金陵一个史”的世家大族，嫁的是“贾不假，白玉为堂金作马”的豪门贵胄。她是荣宁二府的老祖宗，儿孙满堂，人生享尽了富贵。

或许在大众眼中贾母年事已高，年老体衰，但是整个大观园中，看似老眼昏花的贾母，其实最有生活品位，懂得吃、懂得玩、懂得茶道等一系列雅俗共赏的活动。贾母的阅历让她洞悉人生，面对家族的种种问题，她是睁一只眼闭一只眼。比如贾琏在凤姐生日那天偷情的事情，贾母采用的是折中的处理办法。她明明能预知家族的颓废和败落，却不力挽狂澜试图改变，而是安享天年，最终在福贵中离开人世。

贾母不去牵挂什么，看透了世故，面对刘姥姥也不以世故待人，知晓儿孙的种种事端，却不会因此过多地懊恼难过，这是贾母的过人之处。

在我们的生命中，像这样的长者太少了。比如母亲，一生盼望儿女长大，然后学业有成，接着事业、家庭、家业等，一辈子总有操不完的心，面对种种无常的事物，万分担忧，百般为儿女思虑。而贾母却不这样，在有些事情上，贾母能通过自己的能力稳定局面，而有些事情上，贾母则选择随缘而遇。

一个大家族，面对种种是非和突来事件都是正常的，比如晚辈们家长里短的矛盾，贾母都能看得极为平淡。唐朝时期，郭子仪多次打败叛军，扭转了唐王朝的败局，唐王将升平公主嫁给郭子仪之子郭暧。一次小两口吵架，郭暧说了几句气话，升平公主就回娘家告状，郭子仪带郭暧向唐王请罪，唐王不以为然道："不痴不聋，不做家翁，下一辈吵架何必计较?"

我们的贾母颇有唐王的风度，"不痴不聋不做家翁"不仅是做人的方法，更是一种处理人际关系的智慧，贾母这一点值得我们佩服。

第十一章 《红楼梦》谶语，生命的一种预言和开示

贾政，一位促使读者忏悔的“父亲”

记得小时候读《红楼梦》时，我从来不去品味贾政的任何心理动态。在我看来，在所有的人物当中，贾政永远都进入不了我的世界。

然而，《红楼梦》是一本在不同年代、不同年龄去看，会有不同人生感悟的书。如今贾政带给我的感动很简单——他就是一位“父亲”。

第二十二回“制灯谜贾政悲谶语”让我意识到贾政作为一位父亲的悲哀。

往常间只有宝玉长谈阔论，今日贾政在这里，便惟唯唯而已。余者湘云虽系闺阁弱女，却素喜谈论，今日贾政在席，也是钳口禁言。黛玉本性懒与人共，原不肯多语。宝钗原不妄言轻动，便此时亦是坦然自若。故此一席虽是家常取乐，反见拘束不乐。贾母亦知因贾政一人在此所致，酒过三巡，便撵贾政去歇息。贾政亦知贾母之意，撵了自己去后，好让他们姊妹兄弟取乐的。贾政忙赔笑道：“今日原听见老太太这里大设春灯雅谜，故也备了彩礼酒席，特来入

会。何疼孙儿孙女之心，便不略赐以儿子半点。”贾母笑道：“你在这里，他们都不敢说笑，没的倒叫我闷。你要猜谜时，我便说一个你猜。猜不着是要罚的。”

此时刚好是过年，贾政朝罢，见贾母高兴，况在节间，本想晚上也来承欢取乐，不料因为贾政平日的严肃，让大家拘谨了起来。此时的贾政有着三重身份：对于王夫人而言，他为人夫；对于贾母而言，他为人子；对于贾宝玉而言，他为人父。此时的贾政很想抛开一切孔孟之道的纲常，摘下以往的面具，可是儿子、母亲都不买他的账，这是多么可悲的一件事情！此时的贾政是孤独的，所以贾政说“何疼孙儿孙女之心，便不略赐以儿子半点”。读到这里你会忽然发现，以往严肃的贾政原来也会在母亲面前撒娇，再细细读来，这也是贾政的心里话，同时也是贾政平日的苦衷。

《红楼梦》的伟大之处就在于曹雪芹能够很准确地抓住每一位角色的内心世界。比如贾政在席上问贾兰为何不来，然后叫上贾兰，看似闲笔，其实是作者有意让贾政安排的，主要目的是为了博取贾母开心，取“四代同堂”的美意。其实，贾母见儿子这番诉苦，岂有不心疼的道理？俗话说，手心手背都是肉，所以贾母故意给贾政出猜谜赏罚的“刁难”，实则是对贾政的一番怜爱。

读到这里，你会忽然发现，书中的贾政原来就生活在我们的身边。在我们的身边总会有类似于贾政的人，这个人可能是你严肃的父亲，也可能是你的学生时期的老师，或是你的长辈，或是你的师父，在我们看来，这种人是不容易亲近的。其实在这里面隐藏了一个很大的人我之间的间隙和内心世界的空虚。贾政的悲哀和无奈，是否也是我们身边那些受忽略或不被理解的亲人的悲哀？通过贾政这一段心灵剖白，我们是否应该好好反思或者忏悔一下呢？

“人无善恶，善恶存乎尔心。”我听过很多人骂贾政，其实，为人夫、为人子、为人父的贾政何来善恶对错之分？

在我们生命中总有一些不容易相处的人，和他们交往久了，我们自然会时常提醒自己不该行事懈怠。相反，那些轻慢猥亵的人容易接近，久而久之我们有可能变得放肆。且不论贾政的教育方式是否有问题，但他深深明白“子不教，父之过”，他对晚辈的“黑脸”其实是一种大爱。“亵狎易契，日流于放荡；庄厉难亲，日进于规矩”，说的就是这个道理。

贾母谜语中的两种预示

在《红楼梦》这本书中，有过无数次预言，但是最让我感到合情合理的一次预示就是贾母给儿子贾政出的谜语——猴子身轻站树梢。

谜底是“荔枝”。猴子站在树梢上就是“立枝”，“荔枝”是“立枝”的谐音。或许早有定数，贾母的这个谜语无形中就成了谶语，预示着这个家族终究是“树倒猢狲散”。贾母就代表着这棵大树，这也正合老祖宗说的“家有一老如有一宝”。贾母就是这个家族的宝贝，一旦这个宝贝失去了，家族必定是败落的。

谶语是一种预言，具有前瞻性。也就是这几年，当我再读起贾母这个谜语的时候，才渐渐明白，这个谜语不仅仅预示着家族的结局，也是对家族的一个警告，更准确地说是一种开示，可惜的是没有一个人能够参透其中的奥妙。

有这样一件事情，每次读到贾母的谜语，我都会想起。记得有一次，一件很简单的事情我却办得很糟糕，心想趁师父高兴的时候把这个坏消息告诉师父，可逃过一劫。岂料师父早已知道这件事情，当我把事情的来龙去脉告诉师父之后，师父半微笑半严肃地说："你怎么比哼哼还笨！"师父表达得很委婉，用"哼哼"来比喻猪，可见师父是高兴的，也正是因为如此，我才敢和师父玩笑："师父，您上午还骂我像只猴子，天天蹦跳，怎么下午我就变成猪了。师父，到底我听哪句话？"岂料师父不慌不忙地说了一句："是，你是猴子，天天卖弄自己的屁股，生怕别人不知道你哪一块红！"我顿时哑口无言。

师父不是嘴损，而是担心我因为贡高而变得我慢，所以用尽一切办法来击碎我心中所谓的自信，然后重新给我树立正知正见的信心。每每想到这里，贾母的这个谜语给我最大的启发就是她不仅仅在预示家族"树倒猢狲散"的结局，同时也在暗示家族的一个致命的现象。比如秦可卿丧葬的铺张浪费、家族生日宴的奢华、元妃省亲的奢靡等，不都是一种财富的卖弄和显摆吗？俗话说"树大招风"，岂有"不倒"之理？

元春，灯谜谶语中的虚幻人生

大年之夜猜灯谜是因元春而起，中途却因贾政的到来让大伙拘谨了起来，然后又有贾母让儿子贾政猜灯谜的举动。贾母的谜语起了一个头，有着极大的人生象征意义，同时也预示着家族日后的命运。接下来出场的就是元春了。

"能使妖魔胆尽摧，身如束帛气如雷。一声震得人方恐，回首相看已化灰。"贾政很快就猜出来是爆竹。中国有一句老话"嗜欲深者天机浅”，意思是说天机本来是每一个人都可以看得明白的，只不过是与太多人性的欲望捆绑在一起，无法领悟其中的意思。当贾政看完所有谜语的时候，似乎明白了点什么，看着过节的气氛，似乎所有谜语的谜底都与眼下的氛围有些格格不入，甚至大煞风景。

很多我们无可预料的事情的发生并不是空穴来风的，如贾母的谜语一般，元春的谜语也在预示着一切事物的缘起缘灭。

“能使妖魔胆尽摧，身如束帛气如雷”，这是一句非常气派的话，古人认为爆竹能驱妖魔、辟凶邪，爆竹本身在燃烧的时候发出巨响，威慑四方。元春的这种比喻是不是很像她省亲回来的时候的那番气派，那气势和排场是多么的浩大。这一句在讲这个家族的繁盛。

“一声震得人方恐，回首相看已化灰”，这一句转折得很快，特别是“回首相看已化灰”一句，由爆竹化为烟灰的现象，写出了事物的本性，同时也写出生命的一种现象——繁华之后的没落与空寂。这一句是在写元春的宿命。自元春省亲一派热闹之后，没多长时间，元春就去世了，而贾家失去了元春这座在皇宫的靠山，势力也日渐削弱。

“一声震得人方恐，回首相看已化灰”一句非常有禅宗的味道。当欢场变成荒台，一切都是无常。诚如《金刚经》所说，“一切有为法，如梦幻泡影，如露亦如电，应作如是观”，当爆竹烟花灿烂过后化为烟灰，一切都是虚幻。所以我时常说《好了歌》就是统领全篇的偈言，甄士隐的注解是提前对读者的开示，众人的灯谜就是对《好了歌》的阐述与注脚。

迎春，灯谜谶语中的机关算尽皆是空

如果说《红楼梦》中机关算尽的人物，头号人物当属王熙凤，但是谁也不曾料到曹雪芹会让迎春出一个谜底是算盘的灯谜。

“天运人功理不穷，有功无运也难逢。因何镇日纷纷乱，只为阴阳数不同”，这是迎春的谜面。算珠碰在一起，或分或离，在打算盘的人没有算出数之前，谁也无法预料他们是离是合，需要看注定的结果是什么。所以迎春把这个现象用“天运”来形容；“因何镇日纷纷乱，只为阴阳数不同”中，“镇日”即“整日”，算盘的算珠，整天上下进退乘除加减，纷纷不止，“阴阳”指奇数和偶数。

迎春的这个谜面就是她本人日常的写实，性格懦弱无能的迎春，诨名“二木头”，是戳一针也不知“哎哟”一声的老实人。贾府“四春”各有爱好，相对应的是琴、棋、书、画。迎春善棋，棋和算盘全是被人操控之物，完全没有自己的主观意愿；诚如迎春的谜面一般，迎春本人也是没有主见意愿之人，迎春为人处世上也如同算珠和棋子一般只知退让，任人欺侮。读到此处，我在感慨生命现象的执迷和领悟的同时，也赞叹曹雪芹具有灵性的文字，能够将每个生命的本来面目看得如此透彻。

迎春最后的命运是被自己的丈夫欺凌而死。迎春嫁入孙家，在孙绍祖家挨打受骂，横遭摧残。迎春嫁入孙家是迫不得已的。作为父亲用来还债的棋子，本身就只知道退让的迎春，在封建伦理的约束下，也只能听从父亲的安排，最终断送自己性命。

算盘的算珠是合是离，到头来都是要清空的。迎春只知道退让的性格，这让我想起曾在白云山能仁寺的当家如缘法师寮房里看到的一幅字帖："认人不必探尽，探尽则多疑；知人不必言尽，言尽则无友；责任不必苛尽，苛尽则众远；敬人不必卑尽，卑尽则少骨；让人不必退尽，退尽则路寡。"迎春就是如此，骨子里没有一点做人的硬气，为人处世一路后退，导致自己无路可走，命丧黄泉。

迎春的这算盘要比王熙凤打得更让人明心见性。

探春，灯谜谶语中的解脱

在众人的谜语之中，探春的谜面让我看到了一种解脱，这也是我读众人谜语时最为欣慰的一件事情。苦难人生，解脱是一件非常殊胜的事情。

"阶下儿童仰面时，清明妆点最堪宜。游丝一断浑无力，莫向东风怨别离。"这是探春的谜面，风筝乃是飘动之物，能否飞得高远，完全取决于牵引的那根线。这根线牵连着放风筝的人和风筝，一旦线断了，风筝就会飞走。

老人家经常把远嫁的女子形容成断了线的风筝，意思是一旦嫁了出去，就很难联系。在《红楼梦》的判词中，探春的判词是："才自精明志自高，生于末世运偏消。清明涕送江边望，千里东风一梦遥。"

《红楼梦》的文本框架就像是我们念的经书，首先是一番交代和总结，比如《金刚经》开篇"如是我闻，一时，佛在舍卫国祇树给孤独园，与大比丘众千二百五十人俱"，首先就交代了缘起。《红楼梦》也是如此，曹雪芹通过贾宝玉的梦，交代了主要角色的缘起和缘灭，将所有人都总结在一个梦中。探春就处于梦境中，等到贾宝玉梦醒之后，往后的诸多人生旅程之中，就是从缘起开始讲起，来分解这个梦。

如果把探春的判词比喻成偈子，那么她的谜面就是对这个偈子的注解，两者遥相呼应。如果你用心去看《红楼梦》，就可以发现里面所谓的玄机就是我们日常生活中的执迷，一切玄机只不过是我们执迷的眼睛把自己的那颗心给蒙蔽了。诚如《六祖坛经》中所说："菩提般若之智，世人本自有之，只缘心迷，不能自悟。"除夕贾政猜灯谜，从谜面中，贾政能感知到贾家的人事因果和预示，但是盘中之谜一直无法解开，暗自纠结不知为何，这也是《六祖坛经》所说的一个现象："当知愚人智人。佛性本无差别。只缘迷悟不同。所以有愚有智。"

不知道大家有没有看过皮影戏，表演时艺人们在白色幕布后面，一边用手操纵着皮影人物，一边用当地流行的曲调唱述着故事，非常有意思。皮影戏和木偶戏一样，都是受人的操控。我觉得对于我们众生而言，特别具有讽刺意味。有时候，我觉得周边的生活就是一场皮影戏，无形中被人操控着。每当读起探春的谜面，尽管我知道探春最后远嫁他乡，与亲人骨肉分离，但是我还是会为探春这根断了线的风筝感到庆幸，因为相比而言，远嫁他乡的探春要比生活在贾府好得多，至少探春摆脱了在贾府如同皮影戏一样的生活。这对探春而言是一种超然，更是一种解脱。曹雪芹安排了探春如此的命运，是为了让人在绝望之处看到希望。

惜春，灯谜谶语中的禅意

我经常说《红楼梦》是一面镜子，将不同的角色拿来对照。王熙凤与探春的管理对比、同为丫头的袭人与晴雯的性格对比、平儿与小红的对比、刘姥姥和贾母的对比、遁世者妙玉与惜春的对比，其实都是一种对照。妙玉和惜春之间的对照更有意思：一个是身在红尘之外，心却在红尘之内；一个则是身在红尘之内，心却向往红尘之外。妙玉和惜春的人生轨迹，总让人感觉是造化弄人。惜春最后的人生是走向佛门。

《红楼梦》给惜春的判词是“勘破三春景不长，缁衣顿改昔年妆。可怜绣户侯门女，独卧青灯古佛旁”，预示了惜春最后的出家。“缁衣顿改昔年妆”一句特别有意思。“缁衣”有一层意思是僧尼的服装，借指僧人。这句话之所以有意思，就在于这个“顿”字用得好，“顿”在佛教暗指“顿悟”的意思。惜春的顿悟是因为她眼见一切事情的发生，贾府由盛到衰的过程、三位姑娘各自的命运、黛玉和宝玉的生离死别等，让她格外感受到命运的无常。她饱看别人的痛苦，深刻体会到人生的众苦，所以选择了出家，不论其造化，惜春比任何一个人都自在。

惜春的判词揭露了她出家的结局。在惜春的谜面上，她把自己与佛的因缘全都表达了出来，极具禅意。

“前身色相总无成，不听菱歌听佛经。莫道此生沉黑海，性中自有大光明。”谜底是海灯。佛前海灯也叫长明灯，供于佛像前，内贮大量灯油，灯芯燃烧着火焰，长年不灭。

“前身色相总无成，不听菱歌听佛经。”海灯的前身是油，普普通通的油，它的色相只是一摊液体，如果不是改变了形态，装了灯芯，也不会在佛前每日听着经文。如果我们执着于灯油的本质，是不具备灵性的，正是灯芯的出现，才让灯油大放光明，具备了菩提自性。《六祖坛经》中讲：“菩提般若之智，世人本自有之，只缘心迷，不能自悟。”灯油的心迷之处在于没有灯芯，这个灯芯代表着自悟。不管是油还是海灯，只不过是色相罢了。《金刚经》曾云：“凡所有相，皆是虚妄；若见诸相非相，即见如来。”凡是所有一切的相，我们都要将它当成是虚妄的，只要不去执着于它，就会产生智慧。

“莫道此生沉黑海，性中自有大光明。”海灯的光芒看似暗淡，其实心中一直自放光明。六祖惠能把我们的色身比喻成城池，把眼耳鼻舌比喻成城门，心是国土大地，性在心中；把性比作国家的大王，如果性不在心中，就好比国家没有主一样，性在，身心都在，性不在，身心俱无。在《六祖坛经·疑问品》曾云，“性在身心存，性去身心坏。佛向性中作，莫向身外求。自性迷即是众生，自性觉即是佛”，说的就是这个道理。佛在自性本性中作，而海灯的性就是灯芯，灯芯是用来点燃海灯的，佛性的灯芯一旦被点燃，自然可以大放光明。

“槛外人”和“槛内人”的生命预示

在我们的生活中有一种现象，我相信大家都经历过。比如今天你眼皮子跳了一天，就会老感觉预兆着有什么会发生，或好或坏，种种现象会在事情发生之前有过兆头。其实在我们生活中，这样的预兆不计其数，多半是我们的心之所至，才导致有不同的结果。在

《红楼梦》中，曹雪芹用了一种非常微妙的写法，表达出了生命的一种预示。

在贾宝玉生日那天，妙玉贺寿写了一句“槛外人妙玉恭肃遥叩芳辰”，贾宝玉感到费解，如果不是贾宝玉遇到邢岫烟，根本想不到用“槛内人”对妙玉的“槛外人”。

古有诗句：“纵有千年铁门槛，终须一个土馒头。”实质是在讲无常的佛教义理，妙玉自称为“槛外人”是有典故的。

清朝康熙时期发生过“拜褥事件”。拜褥是行跪拜礼所用的垫褥，有保护膝盖的作用。顺治十三年（1656），紫禁城内建立奉先殿，同时立下规矩，在每年的特定节日，如元旦、冬至、岁末、万寿、册封等奉神位于前殿。康熙三十三年（1694），礼部向皇上汇报本年度祭祀的祭奠安排，在安排的议程中提及把太子胤礽的拜褥也放在大殿的门槛之内，一则是提醒皇上，二来想暗示皇上太子现已经长大成人，可以为皇帝分担一些事情了。皇上看到这个祭祀的议程之后，下命令指示礼部尚书沙穆哈将太子的拜褥放置在门槛之外，而不是放在门槛之内。礼部尚书沙穆哈左右为难，无奈之下请求皇上把自己的命令记录在史书工笔里，于私心而言，日后好为自己开脱，不料触怒了皇上而被罢官。

在这个历史典故中，我们明白了也只有天子才可以称为“槛内人”。而妙玉的性情是看不惯富贵强权，无法忍受达官贵族的强势，所以她不愿意作“槛内人”，佛门称“槛外人”是淡漠红尘的出家之人。然而，邢岫烟看到“槛外人”妙玉，便说“僧不僧、俗不俗、男不男、女不女”，原因在于妙玉还执着于俗世中的人情，来表达自己的孤傲。

然而宝玉称自己为“槛内人”，其实是反着意思表达的，意思是说自己不是一般的凡俗之物。而曹雪芹的隐笔之法，其实是把佛门世界比拟为“槛内”，俗尘世界比拟为“槛外”，因为佛门的门槛是非常高的，放下一切我慢和执着，才能初步进入此门。但是，《红楼梦》的结局告诉我们，佛门世界的妙玉最后因为自身的命运，掉入了淤泥的世俗世界，成了佛门的槛外之人；而宝玉却在种种的迷情与觉悟之后，成了佛门的槛内之人。

每次读到“槛外人”和“槛内人”的时候，我都会警醒自己，凡事都有它存在的原因！

第十二章 《红楼梦》生活中的觉悟与禅

柳湘莲打薛蟠，菩萨的另一种示现

《红楼梦》第四十七回写柳湘莲暴打薛蟠，是一段大快人心的文字。书中的薛蟠总会让你因他的不堪而感到种种的不满。曹雪芹用这段文字加以描绘，替读者出了口恶气。

《红楼梦》在写女儿王国的同时，也在写男性的天地。这两个不同的圈子完全呈现出不同的人生态度。曹雪芹笔下的男人，在人性上可分为性、情、爱、欲四类，而薛蟠的沉迷与堕落，作者就是站在性的角度来描述的。

湘莲见他如此不堪，心中又恨又愧，早生一计，便拉他到避人之处，笑道："你真心和我好，假心和我好呢？"薛蟠听这话，喜得心痒难挠，乜斜着眼，忙笑道："好兄弟，你怎么问起我这话来！我要是假心，立刻死在眼前。"湘莲道："既如此，这里不便。等坐一坐，我先走，你随后出来，跟我到下处，咱们提另喝一夜酒。我那里还有两个绝好的孩子，从没出门的。你可连一个跟的人也不用带，到了那里，伏侍的人都是现成的。"薛蟠听如此说，喜得酒醒了一半……

薛蟠虽然龌龊，但也傻得可爱，甚至傻到连别人调侃他的话都无法分辨。接下来薛蟠赴约的文字，写得更有味道。

湘莲见前面人迹已稀，且有一带苇塘，便下马将马拴在树上，向薛蟠笑道："你下来，咱们先设个誓，日后要变了心，告诉人去的，就应了誓。"薛蟠笑道："这话有理。"连忙下了马，也拴在树上，便跪下说道："我要日久变心，告诉人去的，天诛地灭。"一语未完，只听"嘡"的一声，颈后好似铁锤砸下来，只觉得一阵黑，满眼金星乱迸，身不由己，便倒下了。湘莲走上来瞧瞧，知他是个笨家子，不惯捱打，只使了三分气力向他脸上拍了几下，登时便开了果子铺。薛蟠先还要挣扎起来，又被湘莲用脚尖点了两点，仍旧跌倒……

这一回的回目是"呆霸王调情遭毒打"，读这段文字，让我对这个"毒"字有了更深的理解。柳湘莲知道薛蟠禁不起打，只使了三分气力，向他脸上拍了几下，踹他的时候也只是用脚尖点了两点。曹雪芹的文字是有生命力的，读到这里，我忽然明白了，柳湘莲打薛蟠，正像是菩萨示现，来度化薛蟠一般。

"呆霸王调情遭毒打"，这个"毒打"并不是出手狠的意思。人生在世，其实我们中毒更深，贪嗔痴是毒，情仇爱恨也是毒，生老病死更是毒，怨憎会、爱别离、求不得、五蕴炽盛都是毒，真正能打薛蟠的并不是柳湘莲，而是他自己。柳湘莲的出现，只不过是"以色设缘"，先以欲望来牵制薛蟠，然后给他一番教训。

在藏传佛教中，寺院的一些佛像并不像汉传佛教的寺院那般庄严。在藏传佛教的寺院中，我们所看到的佛像有金刚怒目的，或嗔，或喜，或怒，甚至有些现恐怖相，通过种种不同的示现展现在你眼前，让你心生敬畏。

“以色设缘”的方式，在佛教中是一种行方便法门的佛教义理传播途径。柳湘莲引诱薛蟠的欲望，让我想起了“提篮观音”的传说。

提篮观音是三十三变身观音中的一个化相，也有人称之为马郎妇观音。唐代流传的马郎妇的故事中，马郎妇就是鱼篮观音的前世。《续玄怪录》记载，唐大历年间在延州有一位非常有名的纵淫的女子，可以说是人尽夫之，年轻的男子都争着与她交游，跟她亲热，甚至有人陪睡她都不会拒绝。但是几年后她就死了，与她陪睡的男人们没有一个不悲伤的，统统凑钱为她下葬。因为这女子无家，就直接埋在了路边。大历年中从西域远道而来的胡僧，在此坟墓前摆设香案焚香敬拜。围观的人感到奇怪，胡僧说：“大家有所不知，此乃锁骨菩萨慈悲施舍，世俗的愿望无不曲意顺从，在尘世间的事情已经圆满。”

《观音感应传》中提到，观音为了教化人们，变成了提篮卖鱼的美艳女子，得到了很多男子的青睐。观音要求只有在第二天能诵《普门品》、《金刚》、《法华》者才愿意下嫁，但嫁人后须臾就死了。我们可以看出，无论是延州女子的纵欲，还是观音的变化，她们的做法都是宣扬佛法，传法度人，惩恶劝善的。

提篮观音化身美丽的女子，勾起了凡夫俗子的欲望，然后以色引诱，让他们在色欲的渴求中背诵经文。这个过程是不是很像柳湘莲引诱薛蟠的过程？先应允薛蟠的喜好，然后以两个绝好的孩子为诱饵，把薛蟠带到无人的地方对他一顿好打。我们再来对比一下柳湘莲是如何度化薛蟠的。

（柳湘莲）一面说，一面又把薛蟠的左腿拉起来，朝苇中泞泥处拉了几步，滚的满身泥水，又问道："你可认得我了？"薛蟠不应，只伏着哼哼。湘莲又掷下鞭子，用拳头向他身上擂了几下。薛蟠便乱滚乱叫，说："肋条折了。我知道你是正经人，因为我错听了傍人的话了。"湘莲道："不用拉旁人，你只说现在的。"薛蟠道："现在没什么说的。不过你是个正经人，我错了。"湘莲道："还要说软些才饶你。"薛蟠哼哼着道："好兄弟。"湘莲便又一拳。薛蟠嗳了一声道："好哥哥。"湘莲又连两拳。薛蟠忙嗳哟叫道："好爷爷，饶了我这没眼睛的瞎子罢。从今以后，我敬你怕你了。"湘莲道："你把那水喝两口。"

或者对于大众读者而言，读到这段文字会觉得大快人心，拍手叫好，但是我却不这样认为。如果说曹雪芹这段文字的描写能消除你对薛蟠的心头之恨，那这段文字是失败的，因为曹雪芹把你的嗔恨心调动起来了，这是非常恐怖的。

读者的这种心理是极为常见的。我时常批评现在对外营业的素食馆，本来开一家素食馆是多么有功德的事情，但是现在的素食馆，流行用素食、素菜做成色相如同鱼、鸡、鸭这一类的荤菜，更离谱的是甚至味道也如同这些荤菜。虽然这些菜都是用豆制食品做出来的假象，但是我认为这种举动比杀生还要恐怖。虽然你没有杀生，但是从味道和色相的假象上，你已经调动了食素者的杀生欲望，在欲望上去造孽，是多么恐怖的一件事情啊！一旦欲望生起，诸多恶业就会如影随形，这是典型的"借刀杀人"的案例。所以我说曹雪芹安排柳湘莲打薛蟠的情节，并不是为了解读者的心头之恨，而是通过薛蟠的挨打，让薛蟠明白胡作非为的因果。

再细看薛蟠挨打的这段文字描写，可以发现薛蟠还是挺赖皮的。在刚挨打的时候，他心里还是不服气的，一味地要嘴皮子，但是柳湘莲绝不轻饶，逼得薛蟠乖乖认错。人最大的固执就是不愿意承认自己的过错与不足，这是严重的我执的表现。以前的薛蟠就是这样。而柳湘莲对薛蟠的好打，就像是禅宗道场师父对徒弟的棒喝一样，一直把徒弟的我执我慢给棒喝到九霄云外，然后重新树立心中的念头。柳湘莲打薛蟠也是这样，一直把薛蟠逼到死角，从好兄弟到好哥哥，然后再从好哥哥到好爷爷，最后逼得薛蟠喝脏水。这如同让我们接受生命中最不能接受的东西，面对社会的现实，然后以我们最不能接受的东西来成全我们，这就是生命的感动和修行的殊胜。

毁掉我们的不是我们所憎恨的东西，而恰恰是我们所热爱的东西。

提篮观音以色设缘，在戒色戒欲的佛教中，化娼救淫的行为有着深厚的佛理基础。人们常说佛不度无缘之人，以色设缘的佛教义理，看似菩萨“行方便”，其实就是以“空”、“无相”、“无作”、“无我”等作为法门，以便熏修其心教化众生。虽然菩萨自身陷于五欲的污泥中，但是一旦正法弘扬，就会抽身而去，牵出欲界。在中土封建传统文化中，这种行如妓女般的菩萨是不可能被接受的，因此在我们中原的佛教文化中，很少得知这样的典故。而在《红楼梦》中，我们能从传统的文学中看到这样的佛教文学，确实是一件非常令人感动的事情。

柳湘莲、尤三姐，情机转得情天破

读《红楼梦》这本书，很多人会为柳湘莲和尤三姐两人的结局感到可惜，我却不然。当尤三姐挥剑自刎的那一刻，虽然心中刹那间寒凉，但是想到尤三姐对人格捍卫的那份坚持，我觉得她为当时的女性进行了一场革命。

《红楼梦》开篇写道："因空见色，由色生情，传情入色，自色悟空。"很多读者会疑惑柳湘莲为何出家，甚至有人怀疑他是否已顿悟和放下。其实《红楼梦》开篇已经讲得非常清楚了，尤三姐的刚烈和美貌，让柳湘莲自色悟空。

柳湘莲的清高让我领悟到清高其实也是一种我慢的表现。如果不是因为柳湘莲的清高和对这社会的唾弃，也不至于因退婚让尤三姐颜面无光而挥剑自刎。

在柳湘莲的生命中，尤三姐的出现就是来了却他在俗世的尘缘。《红楼梦》的故事往往都是有预示性的，柳湘莲的剑就是暗示斩断情丝。尤三姐五年的苦苦等待，最终换来了柳湘莲的退婚。情到深处人孤独，尤三姐毕生的情爱付之东流，于是由色生情，以色悟空，最终了却了自己。

柳湘莲的绰号叫"冷郎君"，并非指柳湘莲为冷心冷面之人。古人言"情最难久，故多情人必至寡情"，也就是说情爱这个东西最难长久，所以感情丰富的人反而会显得浅薄无情。我们是普通人，一旦用情，必定会执着，得不到必定会痛苦，人生之中，爱别离苦和求不得苦，也许比生老病死要更痛苦，这种感觉叫作"生不如死"。对于无拘无束的柳湘莲而言，他的清高多半来源于他的无拘无束，这也是柳湘莲最后出家遁入空门的原因所在。

“情到深处情转薄”此刻用来形容柳湘莲和尤三姐是最恰当不过了。后来柳湘莲意识到自己的清高毁了尤三姐，那时候的柳湘莲用情至深，但是因为所爱之物求不得而觉得人生苦恼，渐渐地心生忏悔，直到放下执着，看破出家。尤三姐五年光阴的苦苦等待，却换来所爱之人对自己灵魂深处的怀疑。尤三姐深感人情之凉薄，瞬间觉悟，了却情丝，挥剑自刎，完成了生命的觉悟。

尤三姐挥剑自刎之后，有这样一段描写柳湘莲举动的文字：

（柳湘莲）出门无所之，昏昏默默，自想方才之事：原来尤三姐这样标致，又这等刚烈，自悔不及。正走之间，只见薛蟠的小厮寻他家去，那湘莲只管出神。那小厮带他到新房之中，十分齐整……湘莲惊觉，竟似梦非梦，睁眼看时，那里有薛家小童，也非新室，竟是一座破庙，旁边坐着一个跏腿道士捕虱。湘莲便起身稽首相问：“此系何方？仙师仙名法号？”道士笑道：“连我也不知道此系何方，我系何人，不过暂来歇足而已。”柳湘莲听了，不觉冷然如寒冰侵骨，掣出那股雄剑，将万根烦恼丝一挥而尽，便随那道士，不知往那里去了。

这段写得非常有意思。柳湘莲亲眼所见尤三姐的刚烈，并且目睹了她挥剑自刎，尤三姐的举动震撼了柳湘莲的内心世界。当这一切发生之后，柳湘莲的脑海里全是空的，什么清高自持全都没有了，任何念头也都没有了。读到这里，忽然觉得尤三姐的这把剑就像是禅堂的板戒。禅堂的板戒是用来打人的，就是通过板戒的敲打来粉碎你的妄想。戒板打下的那一刻，大德会问你一句“念佛为谁”，当下的念头都会消灭得无影无踪。

尤三姐拿着鸳鸯剑自刎，瞬间让柳湘莲所有的念头全无，所以他出门无所之，昏昏默默，然后自认为是到了薛蟠之家，实质是在做梦，是真实幻空历遍。柳湘莲明白这一切，也正是告诉我们“惆怅旧欢如梦，觉来无处追寻”的道理。

也正是因为这份情，尤三姐明白了所希望处求不能得、多役功力不得果报是求不得苦，所以挥剑自刎，这对尤三姐而言是一种寂灭，同时也让柳湘莲明白心中无所执，无所不执，无欲无求，亦不求无欲无求，所以柳湘莲掣出那股雄剑，将万根烦恼丝一挥而尽，可谓是情机转得情天破。

平儿，“愿将佛手双垂下，磨得人心一样平”

在《红楼梦》这本书中，我们能从平儿这个角色看到自己或身边人的影子。平儿是王熙凤的陪房丫头，贾琏的通房，说白了就是一个夹杂在众人中间，不上不下的高级仆人罢了，平儿在维系王熙凤和贾琏二人之间的平衡时，让我们看出了一个处于不上不下生活层面的人的无奈和痛苦。

其实在现实生活中我们也是这样，绝大多数人在自己的生活圈子里，都处在不上不下的位置。这种状态是最普遍的，被社会两极边缘，所以曹雪芹笔下的平儿，很容易让读者产生共鸣。

作为一个夹缝中求生存的角色，平儿和别的下人有很大的区别。平儿的过人之处就在于她本人极具大家气质，虽然是下人，但是眼光独到，和不同身份的主子们共事，总能游刃有余。

虽然是王熙凤的陪房丫头，但是平儿的外貌和行止，丝毫不逊于王熙凤。刘姥姥第一次进荣国府误认为平儿是王熙凤，我们由此就能看出平儿不同常人的大家气质。然而，有了这个大家气质的外表，平儿还能是王熙凤的心腹，能得到眼里容不下沙子的王熙凤的信赖，确实是一件不容易的事情。

我佩服平儿，最主要的原因是平儿的为人。尤二姐被王熙凤骗到大观园后，在院内遭受折磨，面对众人对尤二姐的恶言恶语，旁人躲之唯恐不及，平儿却背着王熙凤，私下接济尤二姐，还拿话来宽慰尤二姐。平儿这样一个大好人，在这个院子里确实难见，更何况是在王熙凤手下做事的人。

王熙凤手下有平儿这个人，确实是王熙凤难得的福气。作为主子的王熙凤，做事不会留任何退路，但是平儿做事不会这样，她会留三分退路。比如在“敏探春兴利除宿弊，贤宝钗小惠全大体”一回中，王熙凤因身体不好，不能料理园中的事物，暂由李纨、探春、宝钗来料理，因诸多事物的开销问题，众人问一项，平儿答一项，并且还能委婉表达出凤姐凡事都能想到，只是另有原因不能办，替生病中的凤姐周旋。可见，平儿的心境真如同她的名字一般。

眼里容不下沙子的凤姐铲除了身边不少厉害之人，如尤二姐、秋桐等都是王熙凤不费吹灰之力，便料理了心中的障碍。王熙凤虽然在心里对平儿颇为忌惮，但还是能重用平儿。在“变生不测凤姐泼醋”中，平儿受尽了百般委屈，最终还是能摆平心态，处理好主子之间的关系。

（王熙凤）说着，便扬手一掌打在脸上，打的那小丫头子一栽。这边脸上又一下，登时小丫头子两腮紫胀起来。平儿忙劝：“奶奶仔细手疼。”凤姐便说：“你再打着问他跑什么。他再不说，把嘴撕烂了他的。”

第四十四回写王熙凤生日那天，自己的老公贾琏在家里偷情。有时候，我总会笑着说《红楼梦》是一本“见山不是山，见水不是水”的书，这一章节虽然在写夫妻之间的一些事情，其实也是在写不同生命状态的不同遭遇。

王熙凤庆生，席面上的酒喝得有点过头，便回去补妆，不料路上遇到鬼鬼祟祟的下人，引起了王熙凤的怀疑，王熙凤有些上火了，便出手大打下人。

平儿是位善良的人，见到下人这样被打，肯定要替下人求情。但是平儿非常了解王熙凤的为人，如果此时替下人求情，不免让主子觉得不是和她一边的，所以平儿很懂得表达“奶奶仔细手疼”，表面上是在为主子着想，实则是在为下人周旋。这就是平儿的厉害之处，如果此时平儿说“奶奶求求你不要打她了”，依王熙凤的脾气，越劝越打得起劲。在这里，曹雪芹讲的不是王熙凤婚姻的遭遇，而是语言的圆融与智慧，平儿难能可贵的地方就是她能把自己的位置摆得很低，任何时候都能把心中的那口气平坦地舒缓掉，这是常人做不到的。最好的对比就是晴雯。

袭人笑道：“二奶奶素日待你好，这不过是一时气急了。”平儿道：“二奶奶倒没说的，只是那个淫妇治的我，他又偏拿我凑趣儿，况还有我们那糊涂爷倒打我。”说着，便又委屈，禁不住落泪。

读到这里，你会为挨打后的平儿感到不可思议，她为人的心量是何等之大，王熙凤和贾琏打他，夹杂在中间的她在众人的劝说和安慰之下，还能站在王熙凤的角度，为王熙凤说话，并解释二奶奶倒是没话可说，只是那个偷情的淫妇挑拨糊涂的二爷闹事！

相比平儿，我常常自愧，每次赞叹平儿的为人处世，我都会想起一副佛教的对联："愿将佛手双垂下，磨得人心一样平。"在生命的智慧中，我认为平儿为人处世的心态或许就是对这副对联的最好注解。"不是息心除妄想，只缘无事可思量。"在《红楼梦》中，我们看到很多人都去争，虽然每个人争的事物不一样，但是终究不能将自己的心给安住，倘若做到了，合掌即是恭敬，放下便是菩提。

贾宝玉，一位担当人间诸苦的菩萨

读《红楼梦》，我会找出很多自己的缺点，我会去对照自己，看看《红楼梦》到底还能让我看到自己多少本来面目。比如尤二姐、薛宝钗、贾琏、贾瑞、薛蟠，这些人在我眼里看来都是菩萨的示现，是来度化我的心灵，是我的一面镜子。然而，在我们的人生旅途当中，并不是所有的错都会有老师给你指出来，我们每个人都有太多的地方是不可说的，念念在修行，只有我们能够看清自己，那才是关键。

譬如"千江水有千江月"，外面的一切都是对自己的映照，接下来，这个映照我们的人就是贾宝玉。贾宝玉一次对平儿的举动，犹如当头棒喝，让我瞬间心起恭敬。

平儿道："二奶奶倒没说的，只是那个淫妇治的我，他又偏拿我凑趣儿，况还有我们那糊涂爷倒打我。"说着，便又委曲，禁不住落泪。宝玉忙劝道："好姐姐，别伤心，我替他两个赔不是罢。"平儿笑道："与你什么相干？"宝玉笑道："我们弟兄姊妹都一样，他们得罪了人，我替他赔个不是，也是应该的。"

《红楼梦》第四十四回虽然在写凤姐醉酒得知丈夫偷情气打平儿，实质是在写这一出闹剧之外的人生戏码，此处我看到了宝玉的厉害之处。宝玉最了不起的地方就是身边所有人不如意的时候，宝玉都会道歉，林妹妹如此，平儿也是如此。明明是凤姐打了平儿，宝玉却放下少爷的身份，替凤姐向下人平儿道歉。宝玉这般举动真的不可思议，一个十几岁的男孩，竟然能有如此胸怀，我瞬间觉得宝玉像是一位菩萨，一位大慈大悲的菩萨，他能担当所有的苦难和艰辛。

每当读到宝玉替王熙凤道歉的话，我都会想起惜春这个人，在抄检大观园的时候，惜春和尤氏的对话，让我记忆深刻。

惜春冷笑道："你这话问着我倒好。我一个姑娘家，只有躲是非的，我反去寻是非，成个什么人了！还有一句话，我不怕你恼：好歹自有公论，又何必去问人。古人说得好，'善恶生死，父子不能有所勖助'，何况你我二人之间。我只知道保得住我就够了，不管你们。从此以后，你们有事，别累我。"

同样是面对问题，不同的人有不同的状态。惜春的原则是"只有躲是非的，我反去寻是非，成个什么人了"。对比宝玉，这两种不同的体悟，有着天壤之别。我说宝玉是一位担当人间诸苦的菩萨，一点都不夸大。现在我们就坐下来，仔细想想自己遇到问题的时候，何时有过担当？估计绝大多数都是推卸责任，哪还会把责任往自己身上揽？但是宝玉就不是这样，不但放下身段给平儿道歉，还宽慰说："我们弟兄姊妹都一样，他们得罪了人，我替他赔个不是，也是应该的。"

宝玉是博爱的。在宝玉心中，有一颗非常人所能理解的忍辱之心。广钦老和尚曾说：“忍辱是修行之本，戒中也以忍辱为第一道，忍辱是最大福德之处，能行忍的人，福报最大，也增加定力且消业障、开启智慧。”从宝玉的话中，我们似乎听到了大愿之人所说的“事来则应事去静，心如明镜不留影，众生之苦是我苦，众生得乐是我乐”。一般修行人应该具有大悲心，将一切众生看作自己一样，宝玉做到了，所以他说“我们弟兄姊妹都一样，他们得罪了人，我替他赔个不是，也是应该的”。这是一般人做不到的。

贾赦，贪得无厌不得安

贾赦是贾母的长子、贾宝玉父亲的哥哥，但是贾赦这一个角色，大家都对他没有好感。无知昏聩、不务正业、量小识短等，成了贾赦的代名词。贾赦为何这般令人讨厌，归结起来主要是源于他的贪婪。

鸳鸯的为人大家都很赞赏，她在大众心目中留下最深的印象就是贾赦想纳她为妾，她以死拒绝的举动，这让大家对她刮目相看。诸多人评价贾赦好色，我并不反对，但是纳鸳鸯为妾之事，我认为贾赦并非只是因为好色，更多是来源于他的贪婪。

贪心一起，诸恶相拥。贪的定义有很多种，佛教经典《俱舍论》依贪着对象区别，将贪分为显色贪、形色贪、妙触贪、供奉贪四种。我们来看看贾赦强娶鸳鸯，并拿鸳鸯的家人和姑娘家的未来恐吓她，究竟是为何：

众人看时，幸而他（鸳鸯）的头发极多，铰的不透，连忙替他挽上。贾母听了，气的浑身乱颤，口内只说："我通共剩了这么一个可靠的人，他们还要来算计！"因见王夫人在傍，便向王夫人道："你们原来都是哄我的！外头孝敬，暗地里盘算我。有好东西也来要，有好人也要，剩了这么个毛丫头，见我待他好了，你们自然气不过，弄开了他，好摆弄我！"

鸳鸯听贾赦放话"这一辈子也跳不出他的手心去，终久要报仇"，已是心灰意冷，但铁了心誓死不从，最后到贾母处来自保。贾母得知一切事情的来龙去脉之后，气急败坏地说了句："我通共剩了这么一个可靠的人，他们还要来算计！"贾母用了一个很严重的词——"算计"，不仅如此，贾母还当着王夫人的面说"外头孝敬，暗地里盘算我"、"弄开了他，好摆弄我"，贾母这话折射出了家族的复杂斗争。

贾赦作为贾母的长子，却因为自己的无能，在整个家族的财政地位不高。贾母年事已高，贾赦也非常着急。关于家族遗产的分割权，贾赦和邢夫人一直很看重，又担心贾政和王夫人独大，所以贾赦对外勾结贾雨村来窝里斗。贾赦也是聪明的，他认为能知道贾母的财务多少的也只有鸳鸯了，因此想通过对鸳鸯的收买，来了解贾母的财务状况。其实贾母是个聪明人，她知道贾政和贾赦兄弟之间的矛盾，所以在百般气恼的时候，对王夫人说了那样的一席话。可见，在那样将复杂的大家族，血缘的亲情最终敌不过金钱的诱惑，这一点从贾母往生后，邢夫人暗地操作贾母的财产就可看出。这里，又揭示出《好了歌》一句的主旨——"痴心父母古来多，孝顺儿孙谁见了"。

贾赦的目的没有达成，自然痛恨鸳鸯，鸳鸯也因此把自己在贾家的后路堵死了。贾赦说“果有此心，叫他早早歇了心，我要他不来，此后谁还敢收”的话，其实另一层意思就是你鸳鸯敢断我争夺家族财产的路，我就断你鸳鸯的后路，贾赦的贪婪之心实在是够狠的。

所以在贾母往生之后，鸳鸯便悬梁自尽，而这一切都是因为鸳鸯卷入了家族的财政争夺的风波之中，到最后无法抽身。

贪心的贾赦逼婚鸳鸯，并非是真好色，家族的财产分割才是他的第一个目标。财色财色，先财后色，贾赦想一箭双雕。

其实贾赦的贪婪已经达到了劳民伤财的地步。《好了歌解注》一句“昨怜破袄寒，今嫌紫蟒长”，写出了世人贪得无厌的现象，接下来讲的是贾赦因为贪婪，心起妄念，造下的恶业。

“谁知雨村那没天理的听见了，便设了个法子，讹他拖欠了官银，拿他到衙门里去，说所欠官银，变卖家产赔补，把这扇子抄了来，作了官价送了来。那石呆子如今不知是死是活。老爷拿着扇子问着二爷说：‘人家怎么弄了来？’二爷只说了一句：‘为这点子小事，弄得人坑家败业，也不算什么能为！’”

贾赦看上了穷人石呆子家中的古玩扇子，便想方设法将其占为己有，无奈这个石呆子死活不卖。心起贪念，心魔就会出来，也正是因为贾赦的贪念生起，贾雨村才有献殷勤的机会，然后就动用官权，置百姓死活于不顾去鱼肉百姓。贾雨村就是贾赦贪念之后的心魔，他的出现特别有谶语的象征意义。

我小时候经常听奶奶讲一个故事。一个小孩，第一次在外面偷了一个针回来，没想到母亲夸孩子了不起。也正是因为母亲的夸赞，这个小孩一次比一次偷得厉害，直到最后进了监狱。在判刑之前，犯人要求见一下母亲，没想到见到母亲的那一瞬间，这个犯人扑到母亲身上，生生把母亲的耳朵给咬掉了，最后还对母亲说："我今天的一切，都是你造成的!"

再看看《红楼梦》，这个故事特别有对比意义。贾赦贪得无厌，对人家的死活全然不顾，一门心思地把玩扇子。儿子贾琏看不惯父亲的作为，说了一句"为这点子小事，弄得人坑家败业，也不算什么能为"，没想到遭到父亲混打一顿，脸上打破了两处，这是多么可笑的一件事情。

贪念一起，私心立现，《大乘义章》卷五说："于外五欲染爱名贪。"五欲执着并产生染爱之心，就成为贪。类似贾赦因扇子而起贪心，导致当事人丧命的故事，在佛教也发生过。

王羲之的《兰亭序》我相信大家都听说过。当年唐太宗为了得到《兰亭序》，也是想尽了一切办法。后来唐太宗打听到辩才和尚那里有王羲之《兰亭序》的真迹，曾三次派人索要，辩才和尚就是咬定说没有。唐太宗见明要不行，便派官员萧翼假扮书生，与辩才和尚接近，萧翼本身对书法有一定的研究，便经常和辩才和尚谈论书法的心得，因此和辩才和尚关系走得密切。一次，萧翼故意拿出假的王羲之书法让辩才和尚鉴赏，不料辩才和尚张口就说虽是真的，但不是王羲之最好的作品，于是拿出《兰亭序》真迹。最后唐太宗通过萧翼把《兰亭序》骗到手，辩才和尚失去了《兰亭序》的真迹，无比伤心，不就便去世了。

贪心，本来就是无形的毒药，杀人于无形之中。

谁是前世埋你的那个人

“人生若只如初见”，这是一句非常唯美的话，在《红楼梦》中也有一句类似的话，那便是“好生奇怪，倒象在那里见过一般，何等眼熟到如此”。这是林黛玉初次见贾宝玉时的感慨。《红楼梦》赋予了一种人我之间的美，那便是缘分。

古人曾有“当为情死，不当为情怨”之说，但是痴情这个东西，惆怅旧欢如梦，觉来无处追寻。《金刚经》中有一句话：“如来说诸心，皆为非心，是名为心。”这里的“诸心”是指我们以一切心理活动产生的种种现象，其实都是虚象，从佛教的角度来讲，只要有心，都不是真心，要学会应无所住。然而一路走来，宝玉的心不断地在印证，渐渐地由“有情”升华到“慈悲有情”。

生老病死是人生的无常，但是在曹雪芹笔下的“病”字，是多么富有觉悟。

黛玉却也不理会，自己走进房来。看见宝玉在那里坐着，也不起来让坐，只瞅着嘻嘻的傻笑。黛玉自己坐下，却也瞅着宝玉笑。两个人也不问好，也不说话，也无推让，只管对着脸傻笑起来。袭人看见这番光景，心里大不得主意，只是没法儿。忽然听着黛玉说道：“宝玉，你为什么病了？”宝玉笑道：“我为林姑娘病了。”袭人紫鹃两个吓得面目改色，连忙用言语来岔。

《中阿含经》卷五九《爱生经》云：“若爱生时，便生愁戚啼哭、忧苦烦惋、懊恼。”确实如此，林妹妹的哭闹，让贾宝玉如百爪挠心，紫鹃一句骗贾宝玉的话，让贾宝玉生了一场大病，可见爱是多么的有摄受力，所以贾宝玉会说“我为林姑娘病了”。

前段时间，我看到一篇文章《谁是前世埋你的那个人》。故事讲一位书生与心爱的人结婚当天，不料心爱的人却去和别人结婚了。这位书生百般伤心，悲痛之情一发不可收拾。一位僧人知道之后，就打开幻境给他看。幻境中茫茫大海边有一位溺水而亡的女子，第一个男子毫无反应地从女子身边走过；第二个男子来到女子身边，一脸悲伤地摇了摇头，脱下衣服盖在女子的身上；第三位男子来到女子身边，然后在岸边挖了一个坑，把女子埋葬在了那里。僧人说：“你的前世就是那第二位男子，因为前世你给她盖过衣服，今生她来报你的恩情；而你心爱之人现在的丈夫，就是那个前世埋葬她的第三个男子，那个才是对她有恩情的人。”这位书生知道前因后果后便豁然开朗，当下顿悟。

这是一个非常唯美的故事，那个前世埋葬你的人，才是你今生有恩情的人。对于贾宝玉而言，“我为林姑娘病了”；对于林黛玉而言，前世今生的因果循环便是“他是甘露之惠，我并无此水可还；他既下世为人，我也去下世为人，但把我一生所有的眼泪还他，也偿还得过他了”。

《维摩经僧肇注》说“有所爱必有所憎”，贾宝玉正是因为太过于痴爱，所以在分离聚合、一切不如人意、爱别离之后渐渐顿悟。

人情浓厚道情微，道用人情世岂知？空有人情无道情，人情能有几多时？世人只知道人情，不了解道情。人情浓厚，道情反而淡薄。如果空有人情没有道情，是无法长远的，毕竟人情依赖于道情。只有得道的人才有慈悲之情，慈悲有情才是一切人情的根基。

贾宝玉、林黛玉，乃至柳湘莲和惜春，都是在有情的过程中渐渐体悟的。贾宝玉为林妹妹病了，到最后又因为慈悲有情走上了空门，这便是无缘大慈，同体大悲了。